U0734710

D·N·A
小侦探

拯救小狗米粒

[英]曼蒂·哈特利 著

[英]杰米·马克斯韦尔 绘

李悦琪 译

人民文学出版社 天天出版社

著作权合同登记：图字 01-2022-1928

To Catch a Thief
Text by Dr. Mandy Hartley
Cover design and illustrations by Jamie McKerrow Maxwell
©Copyright Insight & Perspective Ltd 2021.This translation of The DNA Detectives To Catch a Thief 2nd edition is published by arrangement with Insight & Perspective Ltd .

图书在版编目（CIP）数据

拯救小狗米粒 / (英) 曼蒂·哈特利著；(英) 杰米·马克斯韦尔绘；李悦琪译.
-- 北京：天天出版社,2023.10
（DNA小侦探）
ISBN 978-7-5016-2129-3

Ⅰ.①拯… Ⅱ.①曼… ②杰… ③李… Ⅲ.①儿童故事—图画故事—英国—现代
Ⅳ.①I561.85

中国国家版本馆CIP数据核字(2023)第152696号

责任编辑：崔旋子　　　　　　　　**美术编辑：**邓　茜
责任印制：康远超　张　璞

出版发行：天天出版社有限责任公司
地　址：北京市东城区东中街 42 号　　**邮　编：**100027
市场部：010-64169902　　　　　　　**传　真：**010-64169902
网　址：http://www.tiantianpublishing.com
邮　箱：tiantiancbs@163.com

印　刷：三河市春园印刷有限公司　　**经　销：**全国新华书店等
开　本：880×1230　1/32　　　　　　**印　张：**4.75
版　次：2023 年 10 月北京第 1 版　**印　次：**2023 年 10 月第 1 次印刷
字　数：75 千字

书　号：978-7-5016-2129-3　　　　　**定　价：**28.00 元

版权所有·侵权必究
如有印装质量问题，请与本社市场部联系调换。

序

如果按下电视遥控器，发现没有反应，你该怎么办？可能是电池没有放好。你可以试着将遥控器后盖打开，把电池取出来，再重新放回去。如果遥控器还是没有反应，那可能是电池没电了。你可以再试着换几节新电池，看看能不能解决问题。在科学领域，我们给这个过程起了一个好听的名字——"假设检验"。你可能会觉得这个名字只是故弄玄虚，所有人都知道解决问题的这个方法。没错，它确实人尽皆知，人们甚至会问："你难道还能通过什么其他方法来找出遥控器是哪里出了问题吗？"

你可能不会把这件事和科学联系在一起，也没有人会说你的这种想法有什么不对，毕竟，这不需要你勤学苦练多年，不需要你使用昂贵仪器，也不需要你穿上实验室专用工作服，你只是遇到一个问题，想到一系列可能的原因，找到一个方法去检验哪个才是真正的原因。不过，这就是科学的本质。科学只是一件寻常事而已。

这种说法的唯一问题在于，要想走近科学，你还需要具备一项至关重要的品质——诚实。你必须足够诚实，必须相信证据，而非自己的内心感受、直觉或信仰。你不能仅因为"自己"的想法或出于某种原因的偏好而执着于一种解释。放弃自己原有的看法并非易事，推翻那些家长或老师从小就告诉我们的"真理"更加困难。但是，你只有诚实地面对证据，才能够获得更多真知。

然而，这并不意味着你不需要对证据持有怀疑的态度。优质的证据需要经过一遍又一遍的核实和检验，你需要不断问自己，分析过程中到底有没有出现错误或偏差。也许原先的电池仍然有电？也许只是你在把它们放回去的时候没有放好？这样的话，为什么不用电池检测仪测一下它们的电量呢？收集的证据越多，你就会离真相越近。

这个过程可能会充满曲折（事实上，也常常充满曲折）。你可能会走上错误的方向，收集到相互矛盾的证据，得出不恰当的实验结论，或者发现一个证据可以有多种不同的解读方法。尽管如此，追踪证据线索仍然是获得可靠认知的最佳方式。反过来，从心理层面上来讲，拥有完整证据线索的科学结果才最令人信服。阿加莎·克里斯蒂以及后来的侦探小说作家都深知，以故事的形式来呈现证据线索最能引起读者的兴趣。哈特利博士也正是根据这种基本逻辑，创作出了将"凶手是谁"和"他是谁"两大谜题结合在一起的精彩作品。

哈特利博士作品的最大特点在于，她在揭示证据时，会激发小读者对科学探索的好奇（也会让他们感受到挫折）。从本质上而言，她讲述的是一个逐渐积累证据，最终找到正确答案的故事，中间需要排除一些看似合乎情理的解释、个人偏见以及根据错误假设得出的错误结论。如哈特利博士一样的科学研究者可以分辨出这些错误，而对其他人，尤其是小读者来说，通往真相的曲折道路可以让他们更加深刻地了解到科学的不凡之处。

哈特利博士在作品中使用的大部分证据，都来自对现代 DNA 分析技术的运用。在侦破案件时（"凶手是谁"），我们管这一领域叫"法医遗传学"，在用同样的证据和逻辑研究古人的骸骨时（"他是谁"），我们则称之为"古遗传学"。在其他背景下，这一领域还会有其他名字，比如"亲子鉴定""基因诊断"（如"核酸检测")、"种系发生学"（研究物种之间的进化关系）等。虽然每个领域的科学家们所做的具体研究各不相同，但他们运用的基础技术和原理大体一致。

哈特利博士不仅将相对前沿的科学技术——呈现，还将科学的奇妙之处尽数展现——在逐步接近真相时，内心的兴奋感会不断累积；在终于找到答案时，一种独特而深刻的满足感会涌上心头。突然间，所有的假设都串联成了一个整体，就好像最后一块拼图终于归位。这时，我们总是能够体会到一种来自内心深处的愉悦。正如故事里的两个小主人公一样，我们往往需要经过长时间的探索和不懈的努力，才能取得最终的胜利——当然，在这个过程中，不能忘了要时刻把证据放在第一位。归根结底，这就是为什么科学既寻常而又不凡。

劳伦斯·D. 赫斯特教授

（博士、英国医学科学院院士、英国皇家学会院士、遗传学会
理事长、米尔纳进化中心主任、巴斯大学进化遗传学教授）

4

前 言

　　上学的时候，我一直很喜欢科学，对疾病的研究很感兴趣，于是决定去大学进行更深入的学习。大学期间，一件神奇的事情发生了，那一刻就像一盏明灯，照亮了我未来事业的道路。

　　当时，我正在实验室里准备毕业论文，通过 DNA（脱氧核糖核酸，是生物细胞内携带有合成 RNA 和蛋白质所必需的遗传信息的一种核酸）探究蚊子对杀虫剂具有抗药性的原因，从而帮助减少疟疾的传播。实验的第一步是从蚊子体内提取 DNA。我做完了所有的前期准备工作，最激动人心的时刻就要到来了：试管里的液体是透明的，看起来里面什么东西也没有，但是，我一往里加入酒精，DNA 就出现了，这个过程就像是变了一场魔术。最神奇的是，蚊子的 DNA 居然是紫色的。我还记得那一刻的情景：我看着那支试管，意识到 DNA 研究潜力巨大。

　　无论你的研究对象是植物、细菌还是人类或其他动物，DNA研究的程序都是一样的，所以，你很可能会发现，在世界上的某个地方，正有人通过DNA来对你喜欢的动物进行研究。DNA在许多领域都有着广泛的应用：自然保护学家和博物学家用它来研究动植物，法医科学家用它来帮助破案，考古学家用它来研究历史文物，临床医学家用它来研究遗传病，科学家用它来鉴定亲缘关系——这还只是其中的几个例子！

　　当我在实验室里看到蚊子DNA的那一刻，我意识到，如果选择从事这一领域的研究，我就可以去到任何地方，研究我想要研究的任何动物或植物。我有许多不同类型的职业可以选择，要是做一种工作做烦了，就可以很轻松地换另外一种工作！那真是一个改变人生的时刻，它开启了我最精彩、最美好的事业之旅。这一切都要归功于DNA。

　　我曾尝试用DNA研究帮助保护北海的黑线鳕和玉筋鱼资源。我曾在英国国家医疗服务体系内工作，用DNA研究为乳腺癌、新生儿糖尿病、囊性纤维化、血友病和肾病患者提供帮助。我曾参与建立诺福克警察局正在使用的法医实验室，并帮助失散亲人鉴定亲缘关系。现在，我将热情投入到带孩子们认识 DNA 的事业当中。

我喜欢观察孩子们第一次见到 DNA 时的样子，他们与我在大学实验室的时候非常相似。我喜欢看 DNA 在试管里显现出来的过程，百看不厌。现在，看着孩子们成功从一块水果中提取出 DNA 时露出的惊讶表情，我觉得这一切都是值得的。对许多参加我的工作坊的孩子而言，这很可能也是让他们决定成为一名科学家的时刻！我认为，无论多小的孩子都可以开始学习关于 DNA 的知识。

我希望你能够喜欢这本书，开始探寻关于 DNA 的秘密，跟随故事中主人公的脚步，用 DNA 来侦破案件。我希望这本书能够让你爱上科学，就像许多年前我在实验室里第一次看到 DNA 时那样！

目录

第一章

1　花园里的实验室

第二章

12　行动计划

第三章

26　调查开始

第四章

38　米粒在哪里

第五章

45　如何找出窃贼

第六章

51　调查犯罪现场

第七章

59　棚屋里的法医调查

第八章

64　当场抓获

第九章

69　溜进实验室

第十章

80　结果出来了

第十一章

88　寻找最后一块 DNA 拼图

第十二章

95　最后的结果

第十三章

101　焦急的等待

第十四章

110　通往未知的通道

第十五章

118　被困

第十六章

127　抓获宠物窃贼

135　致谢

137　现实世界中的"DNA 小侦探"

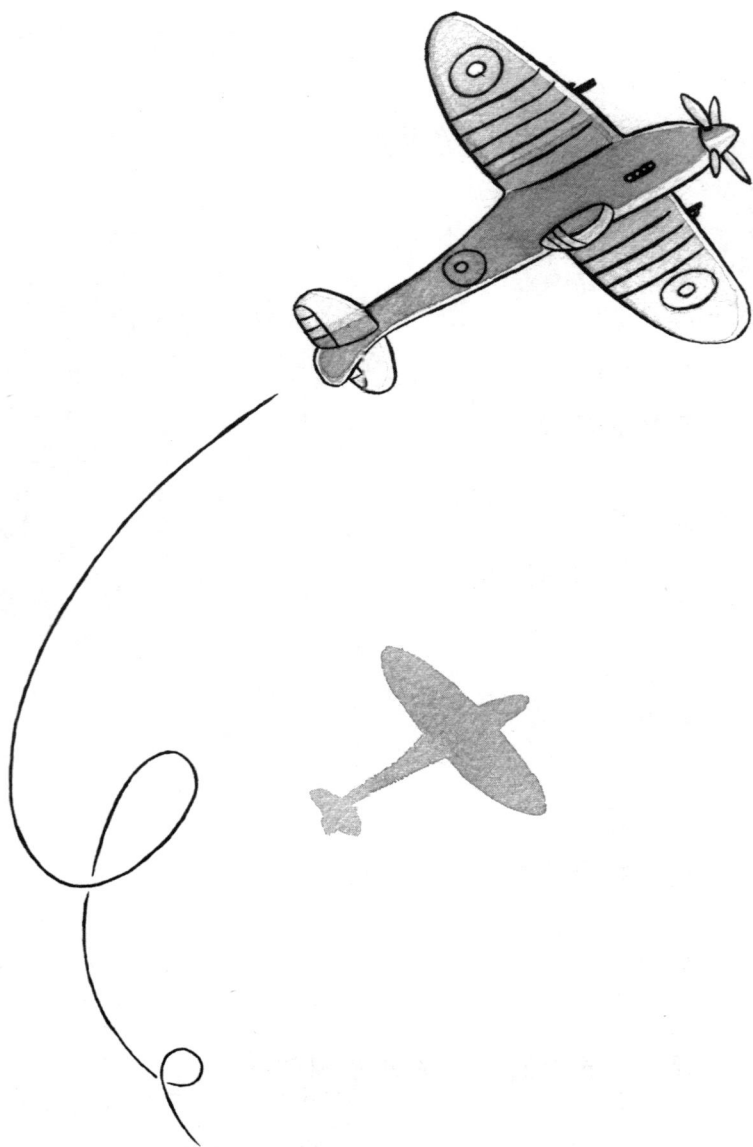

第一章

花园里的实验室

从外表看起来，教堂街是一条非常普通的街道，甚至有些人可能认为，这是一条非常无趣的街道。（其实，在最近的事件发生之前，这么说也没有什么问题。）街道的两边是两排长得一模一样的联排房屋，每一栋房屋都带有门廊和地下室，房屋的后面都有一个大花园。在这里，你很难分清每一栋房屋之间的区别，但是其中一栋——华莱士家的房子，有一些不同。

他们家的花园有着所有的常见元素：青草、秋千、树木，但是在它的后方，有一样与众不同的东西——实验室。接下来的一系列精彩冒险，都将从这间实验室开始。

这间实验室属于华莱士博士，她是安娜贝尔和哈里的妈妈。"我妈妈是一名研究 DNA 的科学家。"安娜贝尔经常自豪地对她的朋友们这样说。她的妈妈很聪明，对科学很感兴趣，她喜欢听妈妈给她讲课，喜欢跟着妈妈学习。

"DNA 是一种非常小的粒子，我们用肉眼是无法看到的，它包含着建构人体的全部指令。"妈妈经常这样告诉安娜贝尔，然后安娜贝尔就会点点头，尽管她并不是每一次都能完全听明白。

一天早上，安娜贝尔看着妈妈打开电脑，将新到的 DNA 样本登记在册，她的目光被主页上的头条新闻吸引了。

《**教堂街上又发生一起宠物狗失踪案件！**》本地新闻网站上用大字写着新闻标题。

"妈妈，妈妈，快看！又有一只狗失踪了！"安娜贝尔大喊。

"什么？哦，还真是，太可怕了！"妈妈说。

"你觉得这是怎么回事呢？"安娜贝尔问道，她担忧地看了一眼家里可爱的小狗米粒，它正蹦蹦跳跳地跑过窗边，朝着哈里冲过去。

"我猜它们可能跑得离家太远了，走丢了。希望警察能尽快找到它们。"

"三周走丢三只狗？可能吗？"安娜贝尔不太相信，"小狗都是很聪明的。"她深吸了一口气，语气坚定地说道，"我觉得是有人把它们偷走了。"

妈妈笑了起来，显然，她不打算把安娜贝尔的说法当回事。于是，安娜贝尔离开了房间，和哈里、米粒一起追着一架飞机模型玩了起来。

米粒是一只小小的黑色可卡颇犬，毛发卷曲，尾巴经常摇来摇去，一双棕色的眼睛似乎时刻都在说："我饿了，快来给我喂饭！你怎么能这么残忍？你要是不来的话，我会饿死的！"米粒把安娜贝尔和哈里都当作自己的小宝宝，尽心尽力地照顾他们。安娜贝尔还记得他们第一天把米粒接回家时的场景：米粒一直舔着她和哈里。她不太确定这个小小的黑色卷毛球这样做是什么意思，于是妈妈解释道："小狗舔你是在表达对你的喜爱。我觉得它一定是非常喜欢你们两个。"听到这里，哈里立马转过身，伸出舌头去舔米粒。"别舔了，哈里！"其他人大声喊道，然后放声大笑，笑到肚子都疼了！

有时，安娜贝尔看到哈里和米粒一起玩，会感觉有点儿失落。她跑得不如哈里快，也不像他那么精力充沛，没过多一会儿就累得气喘吁吁的了。他们一起去公园的时候，哈里有时会独自跑开，这时，米粒便会紧紧地跟在后面，想要确保他平安无事，可是，这样一来，就只剩下安娜贝尔一个人了。

哈里跑到了花园边上，赶去抢飞机模型，米粒就像一只牧羊犬一样，立马追了上去。

"看到了吧，安娜贝尔，它更喜欢我！"哈里说道。此刻，他大汗淋漓，同时又得意扬扬，所以小脸看起来红扑扑的。

"我又没跟你比赛，哈里。如果我也跑开，它也会来追我的。"安娜贝尔辩解道，坚称自己和米粒的关系也非常亲密。米粒立刻跑回来，用鼻子蹭了蹭安娜贝尔的腿，好像在给出自己的回答。

"孩子们，快回来，"这时，从屋里传来了妈妈的喊声，"上学快要迟到了！哎呀，我光顾着忙这些样本的事情了！"

"拜托，妈妈，我们可以再和米粒玩一小会儿吗？"哈里央求道，但是妈妈站在那里敲着她的手表，米粒也朝她跑了过去。

***

下午，安娜贝尔和哈里放学回家，他们坐在车上，继续着早上的争吵。

"哈里，显然是我更关心米粒，每次都是我带它出去散步。你如果真的关心米粒，就不会这么小题大做了。"

"这不重要。"哈里冷冷地说。

"它如果能听到你说的话，会很难过的。"安娜贝尔说道。

"我没有让米粒难过！"哈里气愤地大喊，"我难过的时候，它总是会来帮我把眼泪舔掉。即便我没有带它出门去愚蠢地散步，它也明显更加爱我。"

"够了！"安娜贝尔正要开口反驳时，妈妈厉声说道。安娜贝尔朝哈里吐了吐舌头。

到家后，妈妈领着安娜贝尔和哈里来到了花园。

"你们俩先在外面玩一会儿怎么样？"她瞥了一眼堆在角落里的样本说。安娜贝尔知道，妈妈只是想安静五分钟，继续把工作做完。尽管现在是三月，外面还很冷，她其实更想待在屋里读新买来的书，但她还是跟着哈里来到了花园。

哈里不知道妈妈想要安静一会儿，但不论什么时候，他都不会拒绝在外面玩的提议。安娜贝尔坐在露台上，把毛线帽往下拽了拽，用它盖住耳朵，然后静静地看着哈里用膝盖颠球。哈里的脸上沾着一点儿面包屑，他的脸和衣服从来就没有干净的时候，从上面沾了什么东西就可以看出他当天做了些什么，比如踩在水坑里溅上的泥点，或是吃吐司的时候蹭上的果酱。

安娜贝尔很好奇，他那无穷无尽的能量和强大的冒险精神都是从哪儿来的？他似乎从来都不会觉得冷、觉得累。她8岁的时候也是这样的吗？安娜贝尔觉得应该不是。哈里经常逼得她快要发疯，但她还是会羡慕他，因为他对任何事物都怀揣着热情，而且不用反复斟酌就可以开口说话——安娜贝尔总是会在开口前先想一想。哈里总是能让所有人都开怀大笑，他可以自己从事物中发现乐趣，而安娜贝尔则需要哈里来帮她找这些乐子。

哈里看着姐姐坐在台阶上，想要知道她在思考些什么。就一个11岁的孩子而言，安娜贝尔已经长得很高了，她有着一头漂亮的棕色鬈发、白皙的皮肤和一双蓝色的眼睛，就像妈妈一样。哈里觉得她非常聪明，她总是会去参加妈妈的科学工作坊，领悟力特别强。有时候哈里也会去参加，但是没过几分钟，他就又跑到外面去玩了。这倒不是因为他不感兴趣，而是因为他觉得踢球可比学习要容易多了。安娜贝尔比他聪明得多，他觉得自己总是会问很多问题，耽误了他们的进度。安娜贝尔会成为一名像妈妈一样的科学家，但是他不会。想到这儿，哈里叹了一口气。

他把球踢向安娜贝尔，安娜贝尔微微一笑。他跑过来，开玩笑地打了安娜贝尔一拳，安娜贝尔尖叫了一声。看到她的反应，哈里很高兴，决定再展示一下自己的绝技。他跑去把飞机模型拿了过来，这一次，他要做第一个掷飞机的人。他爬上攀登架，浅色的鬈发在他的脑袋上一弹一跳。他爬到了他能爬到的最高的地方，然后把飞机朝着安娜贝尔的方向掷了下来。

"抓住它！"哈里嚷道。

他用力一掷，那架被画成喷火式战斗机样式的小飞机便迅速腾空。米粒听到"抓"这个字，决定抢在安娜贝尔之前用嘴接住它。它抢到了飞机，开始绕着花园飞奔，哈里赶忙爬下来追赶它。

"都怪你，哈里！你掷得太低了！"

"什么？你应该抓住它的啊！"

小黑狗在安娜贝尔和哈里之间穿来穿去，它把尾巴摇得飞快，看起来都快摇掉了。最后，它终于玩够了，把飞机扔在了地上。

"你掷得太低了！这次换我来。"安娜贝尔说。

她一把抓起飞机模型，向空中一掷。小飞机高高地飞上了天，越飞越高，越飞越高，越过了篱笆，飞到了邻居家的花园里。

"你故意的！"哈里大哭起来。

"真的对不起，哈里。"安娜贝尔非常愧疚。她知道那是哈里最喜欢的飞机模型，她只是想像哈里一样痛痛快快地放纵一回。

这时，一阵响亮的脚步声传来，一张带着微笑的面孔突然出现在篱笆后面。这是他们的邻居贝克先生，他俯视着安娜贝尔和哈里，手里拿着的正是那架飞机。

"孩子们，你们好啊，你们是不是在找什么东西？"他问道，然后直接把飞机递了过来。

"谢谢。"安娜贝尔轻声说道，米粒则发出低沉的吼叫声。

"不客气！"贝克先生边说边用手摸着自己深色的大背头，他笑得嘴角都快要咧到耳朵了。

米粒又低吼了一声，它后背上的毛发竖了起来，耳朵向后压低摆出"飞机耳"的样子。

"安静点儿，米粒！"安娜贝尔小声说道。

"安静点儿，米粒！"哈里重复了一遍。

"对不起，贝克先生。"安娜贝尔说，但她也不知道米粒为什么会这样，"它平时对人都很友善的。"

"哦，没事的。"贝克先生说，"可能是我刚才突然出现吓到它了，也可能它只是想要回它的飞机！它长得很漂亮。它多大了？"

哈里很喜欢向别人介绍米粒的情况。

"它 3 岁了，喜欢吃从蔬菜架上偷来的西红柿。"他一脸得意地说道。

爸爸已经到家了，妈妈过来接安娜贝尔和哈里回去吃晚饭。她看到贝克先生站在篱笆旁边。两个孩子把发生的事情告诉了妈妈，妈妈让他们好好谢谢邻居先生。

"我已经谢过了！我很有礼貌的。"安娜贝尔瞥了哈里一眼说道。

天渐渐黑了下来，华莱士一家坐在一起吃晚饭。香肠、豆子，还有炸薯条——每个人最爱吃的东西都有，米粒也不例外！但是，今天晚上很奇怪，米粒居然对它的晚饭一点儿都不感兴趣，它一直挠着后门，想要出去。

"它今天是怎么了？"哈里问道。

"它还对着贝克先生大吼大叫！"安娜贝尔说。

"可能是贝克先生突然从篱笆后面出现吓到米粒了。"爸爸一边解释，一边起身帮米粒打开了门，"你们也都了解它，它坚信守好这个家就是自己的任务。"

米粒在外面吠着，大家则继续在屋里吃着晚饭。等他们吃完巧克力布丁和冰激凌，妈妈打开后门去喊米粒回家。安娜贝尔和哈里坐在那里等着他们的小狗蹦蹦跳跳地回来，急不可耐地去找安娜贝尔偷偷在桌子下面给它留的好吃的。可是这一次，它没有回来。

爸爸皱了皱眉头，起身和妈妈一起找米粒。他们走到外面，喊着米粒的名字。安娜贝尔和哈里可以听到爸爸妈妈的喊叫声，但是米粒没有回应。他们面面相觑，一阵恐慌涌上心头。他们立马套上鞋子，披上外套，跑到门外，只见爸爸妈妈站在那里，愣愣地盯着花园的大门——大门是敞开的。

他们回到屋里，手忙脚乱地翻出了手电筒，然后沿着不同的方向跑开，安娜贝尔和爸爸一路，哈里和妈妈一路。他们在街上拼命大喊米粒的名字。有那么一瞬间，哈里感觉自己在黑暗中看到了米粒的身影。

"看！妈妈！"他大声喊道。

但是，那只是一只大黑猫。

一个小时过去了，他们意识到自己的搜寻是白费工夫，最终只得空手回到了家里。安娜贝尔、哈里和妈妈都强忍着泪水，爸爸则直接哭了出来。

米粒不见了。

"现在你愿意相信我说的话了吗？"安娜贝尔愤怒地喊道。

妈妈沉默不语。

"相信什么？"哈里抽泣着问道。

"教堂街上有宠物窃贼。"安娜贝尔说，"现在，他们把米粒也偷走了。"

第二章

行动计划

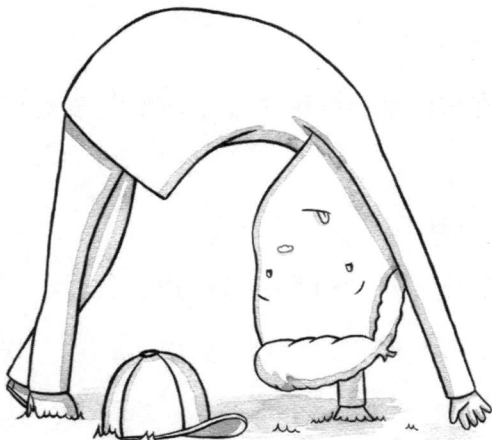

  第二天早上，外面天气很冷，但一束耀眼的阳光从教堂街照进了厨房。也许是太阳想要驱散笼罩着这栋房子的阴郁和悲伤。早饭时间，华莱士一家不同寻常地安静，直到安娜贝尔打破了沉默。

  "我昨天晚上根本睡不着觉。"她面色苍白，看起来非常疲惫，把担忧全都写在了脸上，"我一直在想米粒，想它会有多么孤独。它肯定很想我们。"

  "我也是。"哈里轻声附和，他边说边望向花园，满脑子都是米粒，"它肯定最想我。"

平时，安娜贝尔听到这样的话都会反驳回去，她会直截了当地告诉哈里，米粒最想的人不会是他。但是这一次，她把话憋了回去，只是盯着弟弟的脸，看着他那双漂亮的绿色眼睛。平日里，那双眼睛总是闪烁着充满愉悦的耀眼光芒，但是今天早上，它们看起来暗淡无光，和她自己的一样又红又肿。她完全能够明白弟弟的感受，这一次，她希望自己可以保护他。

"我真的很想它，妈妈。"哈里说着，把面前的那碗可可脆麦片推到了一边。哈里每次都会趁妈妈喝最后一口奶的时候，把一整碗麦片都倒进嘴里，但是今天，他几乎一口没动。

安娜贝尔看看哈里，又看看妈妈，她能看出妈妈非常担心。

"可怜的孩子们，"妈妈开口安慰道，"我相信米粒肯定会回来的。我在可以张贴寻狗启事的网站上发布了消息，这里所有的养狗人都能看到，如果有人见到了米粒，我相信他们肯定会联系我们的。"

安娜贝尔知道，听完妈妈的话，自己应该放心一些才对。有可能米粒只是跑出大门，不知道在哪儿迷了路，但是也有可能发生最可怕的事情——米粒成了宠物窃贼的最新下手对象。

"安娜贝尔，走，咱们到外面去吧！"哈里不喜欢厨房中弥漫着的悲伤情绪，他觉得在那里待着只会让自己感到窒息。他不想告诉任何人自己昨晚一直趴在枕头上哭。他得努力展示自己多么勇敢坚强。也许他现在需要的就是到外面和安娜贝尔踢一场足球并且取得胜利，"走吧，咱们去踢足球！"

安娜贝尔耸了耸肩，但还是跟着哈里来到了花园。

花园里的小草上还带着潮湿的露珠，这是一个晴朗明媚的早晨，你能够在空气中嗅到春天的气息。水仙花开始绽放，小鸟看到孩子们出来玩，叽叽喳喳地叫着飞走了。哈里还是和平常一样懒，等着安娜贝尔把球从花坛里捡回来。就在捡球的时候，安娜贝尔突然倒吸了一口气。

"哈里，快过来！"听到安娜贝尔的惊呼声，哈里立马跑了过来。他们看到篱笆旁边的地上深深地嵌着一个大脚印，边上躺着一个烟头。他们抬起头，发现篱笆上有一缕卷曲的黑色毛发，更令人担心的是，边上还有一点红色的印迹，看起来像是血。

"你……你……你觉得这会不会是米粒的血？"哈里结结巴巴地问道。

安娜贝尔想到了最坏的情况，但还是想安慰一下受到惊吓的弟弟，于是说道："不会。我觉得如果真有人闯进花园偷走了米粒，那更有可能是他们在翻篱笆的时候把手划破了。"她站起身来，环顾了一下四周，"可能还会有其他线索，"她说，"咱们再在花园里找找吧！"

哈里跑开后不久便喊了起来："看！一顶帽子和一只手套！在这儿，安娜贝尔，就在游戏房旁边的草地上！"

安娜贝尔跑了过来，看到一顶深蓝色的棒球帽倒扣在潮湿的草地上，旁边还有一只大大的棕色皮手套，表面上布满了深深的划痕，而且皮面的颜色深一块浅一块。她觉得很可能是草地上的露水打湿了手套，留下了这些印迹。

"哈里，你在干什么？"安娜贝尔看到哈里的动作，忍不住笑了出来。哈里整个身子横跨在那顶帽子上，双腿蹬在一边，双臂撑在另一边，脸快要贴在了帽子上。"我想看看帽子里有没有头发，"哈里回答，"但是我不想跪在地上，要是把裤子弄湿了，妈妈会生气的。"

"你为什么要找头发？"安娜贝尔问。

"我们也许可以通过这个线索找出是谁偷走了米粒。"哈里激动地说道。两个孩子看着对方，脸上露出微笑，眼睛里重现出希望的光芒。

"孩子们，该去上学了！"这时，妈妈喊道。

"咱们课间的时候在秘密基地见。"上学的路上，安娜贝尔悄悄对哈里说。哈里点了点头，微微笑了一下。

***

早上的下课铃声一响，安娜贝尔和好朋友伊西就收拾好了课本，以最快的速度奔向秘密基地。

伊西是安娜贝尔最好的朋友，住在离安娜贝尔和哈里几条街远的地方。伊西长得很高，一头棕色的头发，鼻子上有几颗小雀斑。她在性格方面和安娜贝尔有许多不同之处。安娜贝尔安静内向、思虑周全，而伊西则活泼外向、坦诚直率，不过，她们俩都非常喜欢读书，总有聊不完的共同话题，还能一起发现许多有趣的事情。自打上一年级起，两个人就一直形影不离。

她们俩向操场的另一边跑去，那儿有一棵美丽的樱花树，浅粉色的花朵刚刚开始绽放。温暖的春日里，空气中充满了刚刚修剪过的青草散发出的清香，两个女孩喜欢在这个时候收集掉落在地上的花瓣，假装用花瓣制作洋溢着甜美气息的香水。

"你还记得吗？"伊西气喘吁吁地问道，"在哈里第一天上学的时候，你决定把那棵树下的地方定为我们的秘密基地。"

"嘘！"安娜贝尔边跑边环顾着四周，差点儿被绊倒，她不想让别人注意到她们的行踪，"不能让别人知道这件事。我记得非常清楚。那是一棵很特别的树，那里就是我们的避风港。"

"你有没有告诉哈里，如果有事情找你或者有什么重要的事情需要讨论就到那里去？为什么我从来没有在那里见到过他呢？"

"我刚刚才告诉他。"安娜贝尔喘着粗气说。

两个女孩抬起头来看着前方的那棵树。

"怎么会这样！"安娜贝尔大声喊道，"哈里和彼得已经到了！"

"不可能啊，"伊西说，"我们一下课就出来了，以最快的速度跑了过来。"

她们俩无法相信自己的眼睛，但是哈里和他的好朋友彼得就在那里，千真万确，他们正专心致志地玩着"看谁站得稳"的游戏。

安娜贝尔和哈里家附近有一座教堂，教堂对面是一家商店，彼得就住在商店旁边的那条街上。哈里和彼得从小就是最好的朋友，他们在幼儿园的时候就认识了。彼得长着一张总是笑嘻嘻的脸、一头棕色的头发和一双棕色的大眼睛。他和哈里一样，都擅长运动，喜欢尽全力奔跑，见到任何可攀爬的东西都想要爬上去看一看。不管是哪个运动项目，他们俩都想和对方比试一番，那些危险的户外运动会格外激起他们的斗志。

安娜贝尔注意到哈里的针织衫上沾了一些土，看来，彼得已经成功撞倒过哈里了。"哦，哈里！"她在心里感叹道。

"我们已经等了好半天了。"两个男孩抱怨道。

"我们已经拿出最快的速度了。"安娜贝尔说。

"彼得的小狗波比在周一的时候被偷了。"哈里说。

"伊西的小狗斯卡莉已经丢了两周了。"安娜贝尔说。大家想起各自丢失的小狗，沉默了一小会儿。

"我们需要好好研究一下在花园里发现的那些东西，"安娜贝尔说，"我觉得它们也许能够帮助我们找出偷走米粒的窃贼。"

"啊！"伊西瞪大了她那双棕色的大眼睛，"斯卡莉被偷走的时候，我们没有任何发现。它就那么消失了，前一分钟还在那儿，后一分钟就不见了。"

"波比也是这样，"彼得说，"不过，老实说，我们也并没有想到要去找什么线索。"

"你们在花园里发现什么东西了？"伊西问道。

"我们在篱笆旁边的地上发现了一个脚印，那个脚印非常大，肯定是一个男士的脚印。"安娜贝尔说。

"你们怎么知道那不是原来就有的呢？会不会是你们的爸爸留下的脚印？"伊西问。

"爸爸从来不到花园里干活儿，"哈里说，"所以不可能是他的脚印！"

"脚印边上还有一个烟头，"安娜贝尔补充道，"我们家的人都不抽烟。"

"你们还发现什么了？"彼得追问道。

"草地上还有一只皮手套和一顶蓝色的棒球帽。那顶帽子里有几根头发，是我发现的，这是我们目前找到的最有用的证据。"哈里得意扬扬地说，他像一只孔雀一样挺胸抬头，站得笔直。安娜贝尔开始接着他的话往下说，哈里似乎有些不太高兴。

"我们还在篱笆上发现了一缕卷曲的黑色毛发，看起来像是米粒的，另外……"安娜贝尔停了下来，她想起了他们看到的那些血迹。那个画面闪过她的脑海，如同照片一样清晰。但她没有继续说下去。这一次，平日里大大咧咧的哈里察觉到了安娜贝尔的情绪变化。他拉起她的手，给予她安慰。安娜贝尔转过头看着大家，接着说道，"篱笆上还有一点儿血。"

大家都听出了她语气中的失落和忧伤，默默地低下了头，不知道接下来该说些什么。

伊西第一个开了口："你们觉得那个脚印是偷走米粒的窃贼留下的，而且那肯定是个男士的脚印？"

"这样的话，你们都知道谁的脚比较大，而且有可能会来偷米粒呢？"彼得问道。

"嗯……很多人都知道我们养了一只狗。"安娜贝尔说，她在脑海里飞快地过着可疑人员的名字。

"那些血迹、头发和脚印都离我们的邻居贝克先生家的篱笆很近，"哈里说，"可他是个好人。我敢说，他肯定不会伤害任何一只小狗，他看起来真的很喜欢小动物。"

"好吧，那么还有可能是谁呢？"彼得接着问。

"有没有可能是住在街对面的其他邻居？"哈里猜测

道，"他们有些人不喜欢小狗，还有些人看起来有点儿古怪。或者，会不会是送报纸的人？"

"我们的邻居都知道我们养了一只小狗，送报纸的那个人很讨厌米粒，因为米粒会冲他汪汪叫。"安娜贝尔一边说，一边把所有可疑人员的名字都写在了一张纸上。

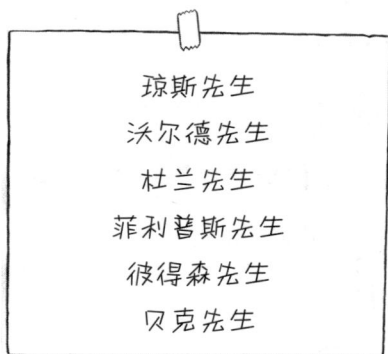

> 琼斯先生
> 沃尔德先生
> 杜兰先生
> 菲利普斯先生
> 彼得森先生
> 贝克先生

"可是，我们怎么才能确定米粒到底是被他们中的哪个人偷走的呢？这太难了！"安娜贝尔绝望地用手捂住了脸。

这时，哈里的眼睛突然亮了起来。"哦，不，不难！"他大声喊着，在樱花树下面跑来跑去，激动地在空中踢着腿，就像一个找到了一罐金子的小精灵。彼得和伊西看到哈里滑稽的样子，不禁放声大笑。

"说说吧，聪明的家伙，我们怎么才能解开这个谜团呢？"安娜贝尔感觉有些失落，因为是哈里首先想到了主意，而不是她自己。但是，她也感到一阵兴奋，因为他们找到办法来解开谜团了，而且，从哈里脸上的笑容来看，这肯定会是个好办法！

"你还记得我们在妈妈的 DNA 工作坊里做的比对头发的实验吗？"哈里说道，"我们要像真正的法医科学家一样来破案了！"

"当时，我们通过比对犯罪现场留下的头发和可疑人员的头发，找出了偷糖果的窃贼！"安娜贝尔明白了哈里的意思，她大声欢呼起来。

"没错！"哈里肯定了她的想法。

"这太棒了，哈里！"安娜贝尔非常开心。

显然，哈里也对自己的表现十分满意："如果能够找出哪个邻居有一双沾满泥巴的大靴子，那我们就能掌握更多的证据了。到目前为止，我们收集到的证据只有在帽子里发现的头发。我们需要想办法收集可疑人员的头发样本，然后把它们拿到妈妈的显微镜下进行比对。"

"如果你们能将样本匹配上，而且那个人又有一双沾满泥巴的大靴子，那你们就能知道是谁偷走米粒了。"

伊西露出了微笑。

"我可以去拿妈妈的显微镜，把它藏在我的房间里。"哈里提议。

"这是你的强项。"安娜贝尔笑了起来。

哈里是偷拿糖果、饮料和水果的行家，他可以把它们藏到自己的房间里，不让爸爸妈妈知道，而且从来没有被抓到过，除非他自己忘了把它们吃掉，让妈妈在他的房间里发现长毛的苹果。有一次，妈妈在哈里的床底下发现了五个长毛的苹果，她非常生气，把哈里的平板电脑没收了三天。尽管安娜贝尔不喜欢哈里这么淘气的样子，但她也确实很佩服他，因为他似乎总能侥幸逃脱。哈里做的这些事情，她自己连想都没有想过。

"不过，我有一个问题，"伊西开口问道，"你们要怎么收集可疑人员的头发呢？"

"我们可以在放学后让妈妈带我们到那些邻居家去串门。"安娜贝尔提议，"我们就告诉他们米粒不见了，问他们有没有看见它。这里家家都有门廊，大家都会把帽子、外套和鞋子放在那里。哈里，等他们开了门，你就做点儿什么转移一下他们的注意力，比如摔一跤之类的，这对你来说应该不是太难，然后我就可以从放在门廊里的帽子上收集头发，并且找找看有没有男士的靴子。"

"这个计划非常棒。"彼得表示赞同。

铃声响了起来，课间结束了，孩子们一起走回了教室。进教室之前，安娜贝尔把哈里拽到了一边。

"我知道我们总是为米粒争吵，"安娜贝尔看着哈里的眼睛说，"但是我坚信把米粒找回来需要我们两个人共同努力。我们需要组成一个团队，哈里。"

"我同意。"哈里说道，"我觉得我们会是一个很棒的团队。我知道我们会找出偷走米粒的那个窃贼的，安娜贝尔！我知道我们肯定会的！"

安娜贝尔冲哈里笑了笑，内心止不住地激动起来。这个计划很不错，只要她和哈里齐心协力，要不了多久，米粒就可以平安回家。

第三章

调查开始

安娜贝尔和哈里很轻松地说服了妈妈带他们去邻居家串门，安娜贝尔心里乐开了花。

"我觉得这是一个好主意！"妈妈说。安娜贝尔注意到，妈妈脸上的担忧已经烟消云散了。他们沿着开满鲜花的小路走到了琼斯夫妇家。他们是一对老年夫妇，住在安娜贝尔家对面。安娜贝尔很喜欢沿路绽放的黄色报春花和水仙花。

"可以让我来按门铃吗？"哈里挤到妈妈和安娜贝尔前面高声问道。

"好了，哈里，可以了，不用一直按。"妈妈一边说，一边把哈里的手从门铃按钮上移开。他们在门口等了一会儿后，琼斯太太过来打开了门。她的脸看上去很慈祥，灰白的头发在脑袋后面盘成一个髻。

门开了之后，哈里看到安娜贝尔向前走了几步，观察着门廊里都放着些什么，就像是一只正在寻找猎物的鹰。哈里知道，她是在找靴子，于是也学着她的样子一起找起来。他们俩同时发现了一双沾满泥巴的绿色大靴子。

"孩子们，你们好，"琼斯太太开口说道，"有什么事情需要我帮忙吗？"

"米粒不见了。"妈妈回答说。

"我们想来问问您有没有看到些什么。"

"请进吧！"琼斯太太把他们请进了屋。

"你看到那双靴子了吗？"安娜贝尔从哈里身边挤过去时，哈里悄悄地问她。安娜贝尔点了点头。哈里假装一直在门廊里脱鞋子，让其他人先进了客厅。等着哈里过来的这段时间非常难熬，但是哈里终于进来之后，对安娜贝尔咧嘴笑了一下。

"我从门廊里的绿色帽子上拿到了几根头发。"哈里低声说道，"那顶帽子肯定是琼斯先生的，它挂得太高了，我够不到，只能用拐杖把它给够下来！"

"真的吗？干得漂亮！"安娜贝尔对哈里的机智大加赞赏。哈里一眼就看到了琼斯太太给他们端来的蛋糕。是巧克力蛋糕，这可是哈里的最爱。

　　"亲爱的，自己拿着吃吧，别客气。"琼斯太太面带微笑地对哈里说。不一会儿，哈里就吃完了蛋糕，专心致志地舔着自己的手指头。这时，妈妈转过身对琼斯太太说，他们该回家去了。

　　"谢谢您提供的帮助，以及美味的蛋糕。"妈妈说道。

　　"希望你们能尽快找到米粒。"琼斯太太与他们挥手道别。他们沿着那条小路往回走。

　　"接下来去哪里？"妈妈问。

　　"去沃尔德先生家吧，可以吗？"安娜贝尔说。

　　"那个送报纸的人？"妈妈提出质疑，"你确定吗？

他脾气很不好，而且不怎么喜欢米粒。"

"他也许看见了什么。妈妈，就去他家吧！他也许能够提供一些信息。"

"我有点儿紧张。"哈里对安娜贝尔说，"要是他真的很可怕怎么办？"

"我们必须得去他家看看，哈里，"安娜贝尔说，"别害怕。"

沃尔德先生家的小路上杂草丛生，客厅的窗帘拉着，门上的油漆已经有些脱落，门铃也坏掉了。

"我们得直接大声敲门了。"安娜贝尔说。很快，重重的脚步声越来越近，门开了。沃尔德先生没有刮胡子，一双深色的眼睛发出锐利的光芒，嘴巴永远都向下撇着。他身材高大，显得很凶，而且看起来十分恼怒，似乎非常不愿意被人打扰。

"你们想干什么？"他大声嚷道。

"孩子们的小狗米粒不见了，他们想来问问您有没有见到过它。"妈妈开口回答。她看上去有一点胆怯，因为沃尔德先生比她高出了一大截。就在这时，哈里掏出一个小小的彩色弹力球。爸爸妈妈曾经跟他说过，让他把这个球扔掉，以免把米粒噎到。哈里拿起小球，把它扔进了门廊。所有人都看着它撞到墙上，然后弹进了客厅。

"正中靶心！"哈里悄悄地对安娜贝尔说，脸上洋溢着喜悦的笑容。

"别生气，沃尔德先生，我去把它捡回来。"哈里一边说，一边从沃尔德先生的身边挤进了屋。安娜贝尔没有想到，哈里竟然这么勇敢。

沃尔德先生气不打一处来，他还从来没见过这么不讲礼貌的小男孩。他回到屋里，想把哈里和那个球一起扔出来。安娜贝尔看到妈妈跟在他们后面进了屋。"非常抱歉。"她听见妈妈对沃尔德先生说。

安娜贝尔立即开始行动，留给她的时间并不多。她扫了一眼脏兮兮、黑乎乎的门廊，发现了一双沾满泥巴的黑色靴子。门廊里乱七八糟地堆着鞋子、外套和帽子。安娜贝尔快速掏出一个塑料袋和从妈妈的法医工具包中偷拿的镊子，从她能找到的离她最近的一顶帽子上取了几根头发。沃尔德先生用一只手拽着哈里的胳膊，迈着大步走了回来，这时，安娜贝尔正好结束了她的收集工作。

"你们给我滚出去，不要让我再看到你们！"沃尔德先生嚷道。

"你怎么能这样，"妈妈愤怒地喊道，"放开我的儿子！"门在他们面前砰的一声关上了，"好吧，真是个可怕的男人。"妈妈说，"你还好吧，哈里？"

"好得不能再好了！别担心，妈妈，咱们接下来去杜兰先生家。"

"我们真的还要去吗？"他们沿着小路匆匆往回走时，妈妈问道，"我们是不是该回家了？"

"拜托，妈妈！"听到妈妈已经开始犹豫了，安娜贝尔出言恳求。尽管她的心怦怦直跳，跳得都快要爆炸了，但她还是尽量让自己显得平静一些。

安娜贝尔和哈里露出了最为恳切的眼神，妈妈没办法拒绝他们。"好吧，你们两个，好吧，别再用这种眼神看着我了。"她笑了笑说道。

妈妈带着两个孩子接着拜访了安娜贝尔名单上的其他邻居，最后只剩下贝克先生家还没有去。到目前为止，他们只在琼斯先生和沃尔德先生家发现了沾满泥巴的靴子。

"幸亏我们知道贝克先生不会像沃尔德先生那样。"妈妈说道。此刻，他们正走在通往贝克先生家的石子路上，脚下发出吱吱嘎嘎的声音。贝克先生从窗口看到了他们，等他们走到的时候直接打开了门。

"你们好，你们好，什么风把你们吹来了？"贝克先生唠唠叨叨地说着。

"米粒不见了，您看到它了吗？"安娜贝尔开口问道。她现在心情很放松，因为和沃尔德先生比起来，贝克先生看上去要友善得多。

"我最后一次看见它是在昨天和你们说话的时候。你们告诉我它多大了，还说它喜欢吃西红柿。听到它不见了的消息真是太让人难过了。"安娜贝尔觉得贝克先生似乎是真的为米粒感到担忧。

她和哈里看到贝克先生继续和妈妈聊着天。

"你需要去转移一下他们的注意力，哈里。"安娜贝尔说道。哈里立刻跑了起来，动作夸张地摔在了石子路上。他的哭喊声非常逼真。就连安娜贝尔都有那么一瞬间担心他是不是真的受了伤。不过紧接着，他就抬头看了安娜贝尔一眼，竖起了大拇指。

安娜贝尔看到妈妈和贝克先生跑到了哈里身边。趁没有人注意的时候，她溜进了门廊，发现门那边的报纸上放着一双沾满泥巴的黑色大靴子。门廊里有一个架

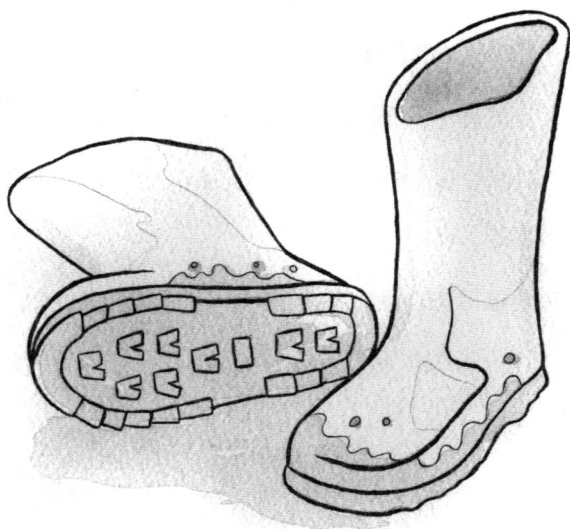

子，上面摆着一面镜子，她立刻就在那附近找到了一把上面缠着头发的梳子。她以最快的速度掏出镊子，从梳子上取了几根头发，把它们装进一个小袋子，然后放到口袋里。她在袋子上系了一个结，这样就不会和沃尔德先生的样本弄混了。

做完这些，她跑到了外面。妈妈拿出了创可贴，贝克先生正扶着哈里站起来，他们完全没有注意到安娜贝尔刚才不在这里。哈里朝她笑了一下。

"谢谢您。"妈妈对贝克先生说。

"抱歉没能帮你们找到米粒。如果听到什么消息，我一定会告诉你们的。"

安娜贝尔已经筋疲力竭。他们拜访了名单上的所有邻居，但是只在三家发现了沾满泥巴的大靴子。

一到家，安娜贝尔和哈里就跑上了楼，只留妈妈在厨房里喝茶。

"哈里，你把显微镜放哪儿了？"安娜贝尔一边问，一边拿出一张纸。哈里跑回自己的房间，很快就拿着显微镜回来了。

"我把它藏在了我的玩具箱里。"他自豪地说，"那个箱子很乱，我知道妈妈肯定不会到那里找她的显微镜。"

"现在我们有三个怀疑对象——琼斯先生、沃尔德先生和贝克先生。"安娜贝尔兑道。她把所有人的名字都写在了表格里，在第二列的最上面写上了"靴子？"，并

姓名	靴子？	发色
琼斯先生	✓	
沃尔德先生	✓	
杜兰先生		
菲利普斯先生		
彼得森先生		
贝克先生	✓	

在这三个人的名字旁边打上了钩，然后又在第三列的最上面写上了"发色"两个字。

"好了，哈里，"安娜贝尔接着说，"现在把帽子里的头发样本拿来吧！"

哈里拿出了一个袋子，里面装着他从花园里的帽子上收集的头发。安娜贝尔在袋子上写上了"帽子——窃贼"，小心翼翼地用镊子取出几根头发放在载玻片上，用注射器往上面滴了几滴水，然后按照妈妈在DNA工作坊里教给他们的操作方法，慢慢地把薄薄的盖玻片放到上面。

"现在可以把它放到显微镜下面观察了。"她说，"那些头发是什么颜色的，哈里？"

哈里看了看在显微镜下变得无比清晰的头发。

"黑色，长发。"他回答说。

"好的。你是不是拿到琼斯先生的头发了？"

哈里从外套口袋里掏出了一个袋子，在上面写上了琼斯先生的名字。安娜贝尔制作了琼斯先生头发的玻片标本，把他的名字写在了上面，然后让哈里把它放到显微镜下观察。

"是灰色的！"哈里大喊，"看来，窃贼不是他！"安娜贝尔在琼斯先生名字旁边的发色一栏写上了"灰"。接下来，她拿出装着沃尔德先生和贝克先生头发样本的袋子，分别在上面写上了他们的名字。

"你怎么知道谁是谁的？"哈里问道。

"我在贝克先生的袋子上系了个结。"安娜贝尔说完，迅速制作好了两人头发的玻片标本。

"我就知道不会是贝克先生，"哈里说，"他的头发是深棕色的。"

"那沃尔德先生呢？他太凶了，我敢打赌，肯定就是他干的。"

"是黑色的！和帽子里的头发一样！"哈里激动地喊了出来，"哦！等一下，他的头发很短，而且和帽子里的头发纹理不一样！"

"那么也不是他。"安娜贝尔失望地说着，把结果记录了下来，"面对现实吧，哈里，我们什么都没有发现，谁都有可能是窃贼。"

"我不相信，安娜贝尔，我觉得就是沃尔德先生。"

"我明白。"安娜贝尔的声音十分低沉，"我也觉得很失望。"

两个孩子垂头丧气，把仪器藏起来后就来到了外

姓名	靴子？	发色
琼斯先生	✓	灰
沃尔德先生	✓	黑，但纹理不同
杜兰先生		
菲利普斯先生		
彼得森先生		
贝克先生	✓	深棕

面。他们俩谁都没有说话，不知道接下来该做些什么。就在这时，他们听到了一个声音。

"安娜贝尔，你听到那个声音了吗？我觉得我听到了……可是，不可能吧……"

"我也听到了，哈里，是呜咽的声音，声音很小，但肯定是呜咽的声音……而且是从贝克先生家的花园里传过来的！"

第四章

米粒在哪里

哈里飞快地爬上了游戏房的屋顶，安娜贝尔紧随其后。他们从那儿可以越过篱笆，看到贝克先生家的花园。安娜贝尔非常激动，在头发样本的匹配实验失败之后，他们的希望似乎全都落空了，但是她非常确定，她刚刚听到了米粒的声音。

"我听不到那个呜咽声了。"哈里说道。

"我也听不到了。"安娜贝尔说，她和哈里一起爬上了屋顶。

"我觉得声音是从那儿传来的。"哈里指着底下贝克先生家的花园说。

两个孩子环顾四周，看到苹果树下面藏着一间棚屋。这间棚屋没有窗户，他们看不到里面有些什么，也看不清门上是不是挂着一把大锁。

"我觉得米粒就在里面。"安娜贝尔说，"我觉得是贝克先生把它偷走关在了棚屋里，可是，这不对啊——头发样本没有匹配上！"

"快，安娜贝尔，没时间想头发的事情了！我们得赶紧告诉妈妈，然后到棚屋去一趟。"哈里大喊道。

他轻车熟路地从游戏房的屋顶上滑下来，落到草地上，安娜贝尔跟在他的后面。他以飞快的速度跑回了家，安娜贝尔用最快的速度在后面追赶，但还是跟不上弟弟的脚步。等她回到厨房的时候，哈里已经在恳求妈妈了。

"求求你了，妈妈！我们听到了它的声音，我们听到了米粒在呜咽。声音是从贝克先生家的棚屋传出来的。我们得赶紧过去看看，不然他可能会把米粒带到其他地方。"哈里瞪着大眼睛央求道，安娜贝尔可以从他来回倒腾的脚上看出他的焦虑。哈里一把拉住了妈妈的手，把她往前门拽去。

"可是贝克先生人很好，而且很喜欢米粒。"妈妈说道。

"不过我们听得很清楚，妈妈。"安娜贝尔斩钉截铁地说。

"我从来没有见过你们两个人这样。好吧，我们先去看看吧，不过我觉得你们肯定是误会贝克先生了。"

他们再次走上了那条通往贝克先生家的石子路，脚下又发出吱吱嘎嘎的声音。安娜贝尔觉得胃里翻江倒海，现在，她既紧张又兴奋。马上就要找到米粒了，再过几分钟，她就可以把脸埋在米粒柔软而温暖的毛发里了，她太想念这种感觉了！等他们快走到的时候，贝克先生又一次打开了门。安娜贝尔看到他的脸上闪过一丝厌烦，不过他很快就控制住了自己的表情，摆出了一副笑脸。

"你们好呀，又见面了，"他说，"有什么我能帮忙的吗？"

"很抱歉，"妈妈说道。"孩子们坚持说他们在您家的花园里听到了米粒的声音。他们想知道米粒是不是不

40

小心被困在了您家的棚屋里。您可不可以让我们去看一眼呢？"

安娜贝尔看向哈里，她可以看出他也和自己一样兴奋。再过几分钟，他们就可以把米粒接回家了。

"实在是不好意思，"可是，贝克先生抱歉地说道，"我正在接一个非常重要的电话，只要一会儿就好，你们可以过十分钟再过来吗？"

"当然没问题！"妈妈说，"很抱歉打扰您，我们过几分钟再来。"妈妈带着安娜贝尔和哈里走回了家，两个孩子在厨房里焦急地等待着。

"不能再等下去了，"哈里小声对安娜贝尔说，"我们现在就得去棚屋！"他看向安娜贝尔，她脸色苍白，那双美丽的蓝眼睛中噙满了泪水。每一秒钟都非常宝贵。在这段等待的时间中，厨房里的时钟发出的嘀嗒声越来越响，每一声嘀嗒都在提醒着他们，宝贵的时间正在流逝。他们就这么等待着，没有人说一句话，这几分钟漫长得仿佛走不到尽头。

终于，时间到了，他们又吱吱嘎嘎地走上了那条通向贝克先生家的石子路。贝克先生带他们进了花园，往棚屋的方向走去。安娜贝尔觉得每走近一步，自己的心跳就会加快一点儿。她的双腿有些发软。他们是不是来得太晚了？她看向哈里，哈里此刻一反常态地安静。

贝克先生笨手笨脚地摆弄着棚屋的门锁，这是一把密码锁。他转过身背对着两个孩子，挡得他们什么都看不到，不过，哈里还是悄悄靠到了他的身后，没有发出任何声音。他暗自笑了一下，因为他趁贝克先生不注意的时候记住了门锁的密码！这时，贝克先生一把推开了门。

"进来吧，孩子们。米粒不在这儿，非常抱歉，我知道你们以为自己找到它了，希望你们不要觉得太过失望。"贝克先生看着两个孩子，一副得意扬扬的表情。

哈里率先冲了进去。棚屋里漆黑一片，有一股发霉的味道。两边有一些奇怪的暗影，看起来像堆着许多盒子，上面盖着毯子。地上很脏，蜘蛛网从天花板上垂下来。他完全没有见到米粒的身影。

他转过身对安娜贝尔说："它不在这儿！"说完，他低下头，看着地面。安娜贝尔也扫视了一番，确定米粒不在这里。他们沉默着往回走，路上，安娜贝尔拉起了哈里的手。她觉得贝克先生像是在嘲笑他们，她还能感觉到他的眼睛正在盯着他们。

"非常抱歉打扰到您，贝克先生。"妈妈的语气里充满了歉疚，"孩子们，跟贝克先生说'对不起'。我真的觉得很不好意思，谢谢您让我们到棚屋去看了一眼。"

"这没什么的。"贝克先生说道，"要是我得到了什么消息，一定会告诉你们的。"

"我敢说，米粒肯定就在他那里！"哈里小声对安娜贝尔说。

"我同意。"安娜贝尔附和道，"他家的门廊里放着沾满泥巴的靴子，而且在我们提出要到棚屋去看看的时候，他看起来很不高兴。他努力装出一副和蔼可亲的样子，但是我注意到了他刚看见我们时的表情——他非常不高兴。我觉得他就是在装样子给我们看。"

"你记不记得米粒对他乱叫？"哈里接着说，"它平时是不会这样的，而且我们确实听到呜咽声是从他家的棚屋里传出来的，可是，那些头发是怎么回事呢？"

"我也不明白为什么头发匹配不上，真奇怪。不管怎样，我觉得我们应该告诉妈妈他就是那个窃贼，我非常确定就是他偷走了米粒。"安娜贝尔说道。

"妈妈不会相信我们的，她觉得贝克先生是个大好人。我们需要找到更多的证据，我们需要证明就是贝克

43

先生偷走了米粒。"哈里说。

"可我们能怎么做呢？我们没有办法证明。"安娜贝
尔看着哈里，眼神里写满了绝望。

第五章

如何找出窃贼

安娜贝尔站在卧室里的窗前向花园眺望。就在这时，就像一盏灯突然亮了起来一样，她猛然意识到问题的答案就在自己的面前。她紧紧盯着花园里妈妈的那间实验室，在原地转了个圈。

"哈里，我知道了！"安娜贝尔大声喊道，"我知道怎样可以找到证据证明是贝克先生偷走的米粒了。我们可以验 DNA ！"

哈里抬起头来，他正忙着摆弄他那套全新的星球大战系列乐高玩具。

"我连 DNA 是什么都不知道！"哈里似乎觉得这个主意不怎么样。

"不，你知道。"安娜贝尔坚持说，"你不记得妈妈在'DNA 小侦探'工作坊里给我们讲过什么了吗？好吧，你是怎么知道该如何拼装那个机器人逃生舱乐高模

45

型的呢？"

哈里拿起了包装盒："我记得妈妈给我们讲过这个。我是根据里面的拼装说明来拼乐高的。我知道你现在要告诉我，DNA 包含着建构人体的说明指令。"

"它都包含着哪些建构人体的指令，哈里？"安娜贝尔向他提问。

"你跟妈妈说的话一模一样！"哈里说，"不过我知道很多事情，我知道 DNA 包含着建构你的心脏、眼睛、双腿、发色，还有屁股的指令！"哈里被自己的话逗笑了。

"非常好笑！"安娜贝尔翻了个白眼，努力保持一脸严肃，"DNA 包含着建构你身体各个部分的指令。包括植物和动物在内的绝大多数生物都有 DNA，它们的 DNA 包含着它们各自的建构指令。最神奇的是，每一个人，每一个生物的 DNA 都是不同的。"

"只有同卵双胞胎的 DNA 才会是相同的。"哈里补充道，发现自己能够记住妈妈在工作坊里教给他们的一些知识，他感到非常开心。

"你还记得我们最喜欢的工作坊环节吗，哈里？"安娜贝尔问道，"我们会换上工作服，戴上口罩和手套，就像真正在犯罪现场工作的警察一样，从模拟犯罪现场收集证据。"

"我记得。"哈里说，"我们会在那儿放一罐糖果，假装有人把糖果偷走了。其实，我趁妈妈不注意的时候还偷过几颗呢！"

"你太淘气了。我记得妈妈跟我们说过：'凡有接触，必留痕迹。'那么也就是说，我们接触的每一件东西上面都会留有我们的 DNA 痕迹，对吧？看，哈里，我在摸你的乐高玩具，现在上面到处都是我的 DNA！"

"起开！"哈里一把把安娜贝尔推开，"我花了好长时间才拼好。"

"记住，我们的身体各处都有 DNA。"安娜贝尔说，"我们的皮肤里有 DNA，当我们接触某样物品时，就会有皮肤碎屑脱落，留在上面。我们的血液、发根和唾液当中也有 DNA。"

"妈妈说我们的鼻涕、尿和便便里也有！"哈里嘻嘻哈哈地说，"你还记得工作坊的模拟犯罪现场吗？我们从那儿收集了头发、创可贴、鼻涕和用来喝水的玻璃杯，然后从中提取出了 DNA。"

"你还记得妈妈从所有参加工作坊的孩子身上都提

取了 DNA 样本吗?"安娜贝尔说,"我们都是可疑人员。我们把证据上留下的和从可疑人员身上提取的 DNA 送到了实验室,对结果进行比对。"

"你还记得我们得到的结果叫什么吗?"哈里说,"妈妈管那个叫'DNA 图谱',那张纸上有很多不同颜色的'峰',上面标着不同的数字,每个人的图谱都是不一样的。我一直留着我自己的那份,就放在卧室里。"

"你还记得我们对比了可疑人员和犯罪现场的 DNA 结果吗?"安娜贝尔说,"只要发现了匹配的结果,我们就能找出偷糖果的那个人,因为他和窃贼的 DNA 是相同的。"

"那真是太有趣了,"哈里笑着说道,"我还记得最后发现是彼得偷了糖果!"

"嗯,没错,难道你还不明白吗,哈里?"安娜贝尔的语气变得有些激动,"如果我们能在棚屋里找到米粒的毛发,我们就可以用它来提取 DNA,证明米粒当时就在棚屋里。贝克先生一定是把它关在了笼子里或是类似的地方,如果能从笼子和花园里发现的那些东西上提取出贝克先生的 DNA,我们就可以证明他就是偷走米粒的窃贼了,我们只需要采集到他的 DNA 样本来进行比对就可以了。"安娜贝尔的大脑急速运转着。

"太棒了，安娜贝尔，但是有一个问题——我们没有实验室。"哈里停顿了一下，突然，他抬起头来看着安娜贝尔的眼睛，"我们有。对不对？我们当然有！妈妈在花园里有一间实验室，那里有她用来提取动物和人类DNA的全部工具！"

哈里需要一点儿时间来理解刚才的这些对话，最后，他终于想明白了所有的事情。这真是太刺激、太令人激动了！他们要把妈妈的"DNA小侦探"工作坊搬到现实当中，自己动手破案！他们要用DNA来证明是谁偷走了米粒！安娜贝尔拉着哈里开心地转起了圈，直到两个人都转得头晕目眩，直接倒在了地上。"哈里，我们就要成为真正的'DNA小侦探'了！"就在这时，妈妈上楼来了。

"孩子们，该睡觉了，快换上睡衣！"

"哈里，明天，"安娜贝尔悄悄地说，"明天一早我们就开始收集证据。"两个孩子对着镜子刷着牙，他们的眼中又恢复了往日明媚的光彩。他们只希望这个夜晚可以快一点儿过去，这样他们就可以尽快开始这场紧张刺激的冒险了。

第六章

调查犯罪现场

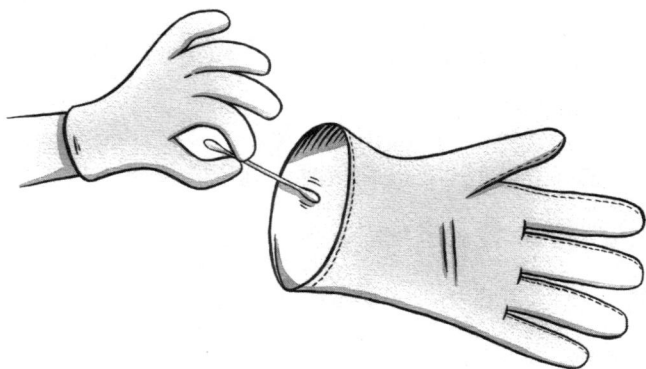

星期六一大早，哈里就冲进了安娜贝尔的房间，房门砰的一声撞到了墙上。

"嘘！"安娜贝尔说，"快点儿过来，哈里，我列了一下我们需要的东西。"

"'DNA 小侦探'，准备行动！"哈里立正站好，面带笑容地敬了一个礼。

安娜贝尔朝弟弟微微一笑。他总是这么有趣，他现在看起来就像是一名真正的肩负重任的士兵。

"好了，哈里，这些是我需要你去准备的东西。你能从卫生间拿些棉签来吗？我们可以用三明治包装袋当作证据袋，就像收集头发的时候一样，这个由我去厨房里拿，我还会去妈妈的工具包里拿镊子、工作服、口罩和手套。你能再去找一支用来给证据做标记的笔吗？然后到工具柜那儿去找我。"

"这就去办！"哈里说完便立刻带着任务出发了。

安娜贝尔找齐了她需要的所有东西，然后快速跑向了餐厅里的工具柜。不用说，哈里已经在那里等她了。他怎么能这么快？

"我们需要在这里找什么？"哈里问。

安娜贝尔把颜料、装饰亮片和纸张移到一边，找着她需要的东西。她对哈里说："熟石膏、硬纸板、剪刀，还有透明胶带。为什么透明胶带总是找不到？帮我找找，哈里！"最后，他们终于找到了，"好的，哈里，"安娜贝尔接着说，"我们还需要从厨房的橱柜里拿一瓶水、一把勺子和一个空冰激凌盒。"

"我不明白这些东西能用来做什么，安娜贝尔。"

"我们要给那个脚印做一个模型，这样我们就可以拿贝克先生的靴子来和它进行比对了。你还记不记得妈妈教过我们怎样给森林里的小鹿脚印做模型？"

"这也太酷了吧！我太激动了！"哈里已经激动得上蹿下跳了。

安娜贝尔检查了一下他们找来的东西，这已经是一个非常专业的工具包了。她想象着真正的警察乘着警车、带着工具来到犯罪现场的场景。她和哈里把所有的东西都藏在了自己的游泳包里，然后环顾四周，确认了一下时机是否合适。爸爸出门去踢足球了，要晚点儿才会回来。妈妈正在打扫客厅的卫生，吸尘器的声音可以做证。是时候开始行动了！

"快点儿，哈里！我们只有大约四十分钟的时间，一会儿妈妈就会到厨房来喝茶了。我们得穿上工作服，戴上口罩和手套。"

"为什么？"哈里问道，"我不喜欢戴口罩，会弄得我鼻子痒痒的！"

"因为我们不能在证据上留下我们自己的 DNA。"安娜贝尔说，"你不记得妈妈告诉过我们这一点了吗？"她看到哈里费了半天劲也没有穿上工作服，"哈里，把工作服当作连体服就行。丛在地上，把你的脚套进去！"
哈里没有掌握好平衡，脸朝地摔了个大马趴，看到这一
幕，安娜贝尔大声笑了出来。

"不许笑我！"哈里看起来非常生气，"我已经使出
全身的力气了！"

一切准备就绪，安娜贝尔和哈里打开门，来到了花
园里。那顶帽子还在草地上，不过哈里已经把里面的头
发全都拿出来，安全地藏到了安娜贝尔的房间里。

"哈里，我们需要从帽子上采集 DNA。你用镊子夹
着它，我来用棉签擦拭。"

"我觉得 DNA 应该在帽子的内部，在会和人的脑袋
产生摩擦的地方。"

"说得对，哈里，"安娜贝尔说，"妈妈给我们讲过这
一点。那是皮肤碎屑最有可能掉落的地方，皮肤里面有
很多 DNA。"

哈里看着姐姐拿棉签在帽子上来回滑动。他们把棉
签放到了一个三明治包装袋里，把帽子放到了另一个袋
子中。哈里在袋子上面写上了"窃贼"的字样。紧接
着，他们走到了烟头旁边，这回轮到哈里用棉签来采集
DNA 了。

"这上面肯定有很多 DNA。"安娜贝尔说。

"为什么？"哈里问道。

"因为烟头上面不仅有吸烟的时候沾上的口腔黏膜中的 DNA，还会有许多唾液中的 DNA。"安娜贝尔解释道。他们又将棉签和烟头分别放进袋子，在上面做好了标记。接下来是手套。

"手套上的 DNA 会在哪里呢？"哈里问道。

"想一想皮肤和手套会在哪里产生摩擦，哈里。"

"内部？"

"没错！"安娜贝尔说，"尤其是手指的位置，那是人们穿脱手套和戴着手套的时候皮肤经常会接触到的地方。"

"我明白了！"哈里说。他非常喜欢采集 DNA 的这个过程，他觉得自己采集到的 DNA 肯定要比安娜贝尔多得多，而且，自己收集到的很可能是证明贝克先生就是窃贼的主要证据。

安娜贝尔心里很清楚，下面他们要去收集的是自己非常害怕面对的一样证据。两个孩子静静地走到篱笆旁边，安娜贝尔一句话也没有说，只是拿着棉签在血迹处擦拭。她看着手里已经染红的白色棉签，露出了难过的表情。哈里拿出了袋子，他不确定该在这个袋子上写些什么，只是写了个"血"字，然后打了个问号。

哈里小心翼翼地用镊子把篱笆上的毛发夹下来。他们两个盯着这缕卷曲的黑色毛发，心里想着米粒。几天前，它还和他们在一起，在花园里跑来跑去。他们十分想念它。安娜贝尔在袋子上写上了"米粒？"。

"下面到了我们的趣味环节了！"安娜贝尔宣布。她用硬纸板剪了两根又长又粗的纸条，比了比，确认它们足够长，可以绕那个脚印一圈，然后把两根纸条用透明胶带粘起来，插到土里，绕着脚印插一圈，勾勒出了脚印的轮廓。

"哈里，把熟石膏倒进冰激凌盒，我们需要很多的熟石膏，那个脚印很大。好了，下面我往里面加水，我们需要快速搅拌。"他们搅出来的石膏均匀而细腻，安娜贝尔感到非常自豪，她把石膏倒在了脚印上。

"安娜贝尔！"哈里突然恼怒地嚷了起来，"我想干这个活儿！"

"对不起，我担心石膏一会儿就干掉了。现在需要等上三十分钟，我们先去把证据袋藏到游戏房的抽屉里吧，没有人会去那里翻东西的。"

"大功告成！"藏好之后，哈里问道，"我们现在需要做什么？"

"我们得制订一个计划。我们得去贝克先生家的棚屋里收集证据，所以第一个问题就是，我们怎样才能进到棚屋里去，我们不知道门锁的密码。"

"嘿，我知道！昨天我看着他开的锁。密码非常简单——1111。"哈里扬扬得意地说。

"你太棒了！你就是个小英雄！"安娜贝尔赞叹道。他们现在真的像是一个团队，可以齐心协力地解决问题。虽然哈里有时逼得她快要发疯，但此刻，她真心为自己的小弟弟感到骄傲，"我们需要等天黑之后再行动，这样才不会被发现。"安娜贝尔说。

"我会在今天晚上安全的时候去敲你卧室的墙，安娜贝尔，然后我们可以偷偷溜出门，爬到游戏房的屋顶上，从那儿翻进贝克先生家的花园。"哈里说。

"好！我们得把工具包留在这里，方便随时取用。"安娜贝尔说。

"石膏模型好了没有？"哈里等得有点儿着急了。

"我去看一下。"安娜贝尔轻轻按了按石膏，石膏已经变得很硬了。她小心翼翼地移开硬纸板，将石膏模型翻了过来，靴子的形状已经完美地印在了石膏上。模型上有许多不平整的地方，那些就是靴底的损坏和磨损痕迹。

　　"我们只要找到和这个脚印匹配的靴子，就能知道是谁闯进花园偷走了米粒。"安娜贝尔说。两个孩子看着彼此，心里一阵欢呼雀跃，具有感染力的笑容爬上了他们的脸颊。针对贝克先生的证据开始渐渐汇集在一起。这一次，他们已经等不到睡觉的时间了，他们想要赶紧溜进贝克先生家的棚屋，找到更多的证据！

第七章

棚屋里的法医调查

爸爸妈妈把安娜贝尔和哈里哄上了床，安娜贝尔在黑暗中耐心地等待着。这段时间，她度秒如年，终于，信号来了，她听到有人在墙上轻轻敲了一下。安娜贝尔也敲了一下作为回应，紧接着一下子从床上跳了下来。她穿上橡胶靴、工作服和外套，戴上口罩和手套，背上游泳包，紧张得不得了。在此之前，她把这些装备都藏在了床底下，还叮嘱哈里也把东西藏在床下。安娜贝尔站起身，整装待发，这时，哈里蹑手蹑脚地进了她的房间，她从来不知道自己的弟弟动作还可以这么轻。他们两个看着彼此一身如此奇怪而又好笑的打扮，努力忍住不让自己笑出声来。

"你准备好了吗？"哈里问道。安娜贝尔伸出大拇指比了一个手势，她能够看出，哈里一点儿都不紧张。事实上，他现在兴奋得不得了，清醒得不得了。

"我的手电筒呢？"哈里问。安娜贝尔把手里的手电筒递给了他一个。

"等到了棚屋再用手电筒，"安娜贝尔在哈里耳边小声说道，"别被其他人发现了。今晚的月光很亮，我们应该可以看清路的。这是你的游泳包，我们可以把找到的证据装在这里。"

"我听到有电视的声音，"哈里说，"爸爸妈妈现在应该不会上楼来的。我们出发吧！"哈里在前面带路，两个人蹑手蹑脚地走下楼梯，来到了花园里。安娜贝尔到游戏房去拿他们需要用的工具。突然，她听到了砰的一声，是哈里跳到贝克先生家的花园里发出的声音。"我就知道他不会等我，只会让我来取东西！"她一边抱怨着，一边爬上了游戏房的屋顶，准备翻身跳进贝克先生家的花园。

"快点儿，慢性子！"哈里拽着安娜贝尔的腿低声说道。

"别拽，我会掉下去的！我觉得我可能跳不过去。"

"跳下来就行！"哈里抬起头来看着安娜贝尔的脸，可以看得出她有多么害怕，"没问题的，我会接住你的。"他安慰道，"我们这么做都是为了米粒。我知道你可以做到的。"

安娜贝尔闭上眼睛，屏住一口气，纵身一跳，落到了柔软的草地上。她能感觉到哈里伸出手接住了她，正扶着她站起来。她长舒了一口气，看到自己平安着陆，紧张的心情终于放松下来。这时，哈里已经冲过草坪，直奔棚屋，还没等安娜贝尔赶到，他就已经打开了门锁。

"干得漂亮，哈里！你这么快就把锁打开了！"

"当然，我可是'DNA 小侦探'，这有什么可值得惊讶的呢？"哈里对安娜贝尔眨了一下眼睛。他一推开门，一股发霉的味道便扑鼻而来。

"现在可以打开手电筒了。"安娜贝尔说。两个孩子倒吸了一口气，在手电筒的照射下，他们发现棚屋里的东西已经与他们上次来的时候看到的完全不同了。毯子不见了，而且在他们身后，至少放着七个大笼子。

"我们没有猜错，贝克先生就是把米粒关在了这里！"安娜贝尔说。

"看起来这里关着的不仅是米粒。看，笼子里面的毛毯上都粘着毛发，"哈旦向笼子里面看去，"看着像是许多不同小狗的毛发。我看到有白色的毛发、黑色的毛发，看这儿，还有褐色的毛发。"

"快，哈里，用镊子把这些毛发装到袋子里。"安娜贝尔说，"我要用棉签擦拭一下笼子，贝克先生肯定摸过这里，也就是说，他会在这里留下一些 DNA。凡有接触，必留痕迹！"安娜贝尔拿出棉签，开始擦拭笼门。她每擦一个笼子就换一根棉签，然后把这些棉签都放到袋子里，做好了标记。

"你觉得他应该还摸过哪里？"安娜贝尔问道。

"棚屋里面的门把手。"哈里说道。

"对！说得没错！"安娜贝尔向门边走去，结果不小心踢到了什么东西，那个东西在地上滚来滚去，发出了很大的声响。

"那是什么？"哈里抬起头问道。

"等一下，我去看看。"安娜贝尔用手电筒照向了在地上滚着的那个东西，"哦，不——！"她的声音有点儿呜咽，哈里很担心，转过头来看安娜贝尔看到了什么，"是注射器，哈里！"

"什么是注射器？"哈里问道。

"类似于打针的时候用的针管。"安娜贝尔说，"我觉得贝克先生可能给那些狗打了麻药，这样它们就会昏昏欲睡，不会发出任何声音了。"

"有道理，"哈里表示赞同，"要不然如果米粒被关在棚屋里，它肯定会大声叫出来的。"他看着安娜贝尔用棉签擦拭着那个注射器。

"可是米粒现在在哪里？其他那些之前被关在这里的小狗都怎么样了？"安娜贝尔看向哈里，她从他的眼神中看到了恐惧和担忧。他们心爱的小狗现在会在哪里呢？

突然，深夜的寂静被花园里一阵沉重的跑步声打破了。安娜贝尔和哈里听到一个男人在外面粗声粗气地叫嚷着。棚屋的门猛地开了，他们两个害怕得扔掉了手电筒，手电筒发出的光射了出来。安娜贝尔在黑暗中伸出手抓住了哈里，他们站在一起，谁也不知道等待着他们的将会是什么。

第八章

当场抓获

"**我**就知道是你们两个！"贝克先生嚷道，"总是掺和你们不该掺和的事情！"他向他们靠近了两步，把脸探到他们面前，看起来愤怒到了极点，"你们找到你们的小狗了吗？"他嘲弄地问道，"可怜的家伙！丢人！立刻滚出我的棚屋！"

安娜贝尔拉住了哈里的手，他浑身都在发抖。所幸，他们已经把收集到的证据藏到了游泳包里。棚屋里光线昏暗，再加上他们还穿着外套，所以贝克先生没有看到他们的工作服。安娜贝尔还快速摘下口罩和手套藏到了背后，以防被贝克先生发现，她用脚轻轻碰了碰哈里，哈里也立刻照做。他们最害怕的就是让贝克先生看出他们在做什么。

　　"好了，你们跟我来！"贝克先生一边粗声喊着，一边把两个孩子推出了棚屋。安娜贝尔感觉自己的眼泪涌了上来，但是她知道，她不能哭。

　　"不会有事的，哈里，别担心。"安娜贝尔看到哈里的眼睛瞪得和茶碟一样大，看上去非常紧张。哈里讨厌被人说，被人吼，不过，这点倒是让人难以想象，毕竟他做了那么多淘气的事情。安娜贝尔伸出手来，搂住了哈里的肩膀，这似乎让哈里感觉安心了一些。

　　这时，贝克先生过来抓住了安娜贝尔的胳膊，拽着她往前走，他力气很大，拽得安娜贝尔生疼，她大声喊了出来。哈里跟在他们后面走着。安娜贝尔松了一口气，因为她发现，他们正沿着石子路往家的方向走去。

　　贝克先生愤怒地猛敲了几下他们家的前门，然后往后退了几步，深吸了一口气，松开了安娜贝尔的胳膊。安娜贝尔揉了揉胳膊，又搂住了哈里，此时的哈里一反常态地安静。

门一打开，安娜贝尔就拉起哈里的手，把他拽进了屋。他们站在妈妈身后看着贝克先生。"我就是来把你的孩子们给你送回来，"贝克先生说，"我在我的棚屋里发现了他们。"他说话时面带微笑，好像什么事都没有发生的样子，和刚才怒气冲冲带着他们往家走的时候简直判若两人。

"真是不好意思。"妈妈结结巴巴地说，她看起来既震惊又窘迫。

"没有关系的，我猜他们只是想找到米粒，可是米粒不在我那里，我向你们保证。好了，现在时间很晚了，我该走了。"

两个孩子看着贝克先生沿着小路向自己家走去。他们知道，他们要倒霉了。

"好了，你们两个，这一周都不许玩平板电脑。立刻上楼，睡觉，反思一下你们自己的行为。贝克先生真是可怜，想不到你们居然会做出这种事。你们看到了，他是个大好人！"

"可他并不是，他弄疼了安娜贝尔的胳膊，还偷走了米粒和其他失踪的小狗，他就是那个窃贼！"

"停！再说就两周不许玩平板电脑！"

"别难过，哈里。"在他们回到安娜贝尔的卧室后，安娜贝尔说，"我知道刚才的事情非常可怕，不过我们已经知道，贝克先生肯定是在隐瞒什么事情。不要忘了，我们现在有证据可以证明就是他干的。"

"哦，没错！"哈里说，"我都忘了！我们应该给他点教训！"

"哈里，明天我们溜进妈妈的实验室，从毛发和棉签上提取 DNA。"

"太棒了，就像我们在妈妈的工作坊里提取猕猴桃的DNA 一样！"

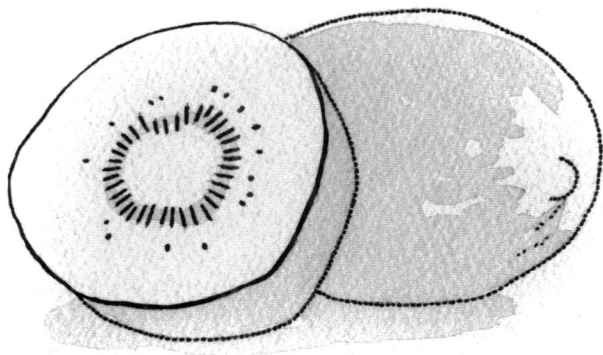

"就是那样！妈妈有专门的工具用来提取人类和动物的 DNA，你记得在我们去实验室的时候她给我们看过吗？我们可以用她的那些工具。"

"我太激动了，安娜贝尔，我已经等不到明天早上了。"

"我明白，我也一样。你还记得吗？爸爸妈妈明天要出门，所以奶奶会过来照顾我们。我们需要把她的精力耗尽，然后等吃完午饭，她就会去睡午觉，我们可以趁那个时候溜进实验室。"

"我等不及了！'DNA 小侦探'就要见到真正的 DNA 了！"哈里开心地笑了起来。

第九章

溜进实验室

安娜贝尔和哈里的计划进行得很顺利。午饭前，哈里让奶奶到花园里推他荡秋千，把能想到的游戏都玩了一遍，还一直管奶奶要吃的，把奶奶累得筋疲力尽。安娜贝尔坐在角落里偷偷观察着客厅里的情况。

"成功了，哈里！奶奶睡着了！"

"快，我们要赶在她醒来之前行动！"在昨晚的冒险之后，哈里又恢复到了平时的样子。他们一路跑到了花园里的实验室门前。安娜贝尔停了下来，门口有一个小键盘，他们需要输入密码才能打开实验室的门。

"你在干什么？"哈里问道。

"我在往小键盘上撒指纹粉。"安娜贝尔说，"妈妈在输入密码时会把指纹留在小键盘上面，这些粉末会把指纹染黑，这样我们就可以看出妈妈的密码是哪几个数字了。"她用一把小刷子把多余的粉末扫去，"看，这就是妈妈的指纹，分布在 1、2、4、7 这几个数字上面！"

"那我们怎么能知道按键的顺序呢？"哈里又问。

"我没有想到这一点。等一下，这些数字有些熟悉……是我们的生日，哈里！"

"哦，是的！你是姐姐，所以可能先是 27。按一下试试。"哈里看着安娜贝尔先输入了 27，然后是 14。小键盘发出一阵声响，门开了。

"我们成功了！出发，'DNA 小侦探'！"哈里喊道。安娜贝尔翻了个白眼，严格来说，是她破解的密码，但是她并没有说什么，她不想破坏哈里激动的心情。他们成功进入了实验室，这才是最重要的事情，从他们收集到的证据上面提取出 DNA 是证明贝克先生就是偷走米粒的窃贼的关键。她已经等不及了，恨不得立刻开始实验。

安娜贝尔喜欢待在实验室里面，这里有一股化学试剂的味道。他们经常帮妈妈整理样本，所以他们知道实验室的布局设计，清楚每一样东西都存放在哪里。第一个房间是妈妈对人类 DNA 进行分析的地方。人们会把样本寄送给她，她可以通过 DNA 判断出亲缘关系，帮助他们找到失散已久的亲人。第二个房间是妈妈对动物 DNA 进行分析的地方。宠物主人会将包含宠物 DNA 的毛发样本寄送给妈妈，请她将毛发中的 DNA 信息录入宠物数据库。如果有人捡到走失宠物，妈妈就可以提取它的 DNA，在宠物数据库里进行查询。匹配成功后，走失宠物就可以和主人团聚了。

安娜贝尔也喜欢实验室的洁白，这里的一切看起来都是那么干净。许多设备和机器都亮着指示灯，这种感觉就像是坐在来自未来的宇宙飞船里一样。她和哈里都穿上了白色的工作服，妈妈一直把它们挂在这里，这是为他们俩来实验室帮忙时准备的。接着，他们戴上了手套和口罩，这样他们自己的 DNA 就不会沾到样本上了。

"我们首先要做的是打印样本标签。我们一共收集了多少个样本，哈里？"

哈里拿出了在棚屋和花园时装进包里的证据袋。

"我们来数一数。"他说，"擦拭帽子的棉签、帽子里的头发、烟头，还有擦拭篱笆上的血迹、手套、棚屋门把手、注射器和棚屋里的笼子的棉签，一共是十个样本。"

安娜贝尔走到妈妈的电脑跟前，像妈妈教给她的那样点击条形码，打印出了十个标签，然后把编号记在了笔记本上。

"哈里，去橱柜里把试管拿来，再拿一个放试管的支架，妈妈会用红色的支架放人类的样本。"安娜贝尔看着弟弟把支架放到工作台上，然后在每一支试管上贴上了一个标签。试管不大，只有她的拇指大小，是由透明塑料制成的，上面还有一个盖子。

"好了，现在我们把样本装到试管里，我会把每支试管里放的是什么样本记下来。我们需要用这把剪刀把棉签的头剪下来放到试管里，记得使用后用这个把剪刀擦干净。"安娜贝尔递给哈里一个装着粉色液体的挤瓶和一些纸巾。

"这个粉色的是什么东西？"哈里问道。

"妈妈会用它来擦拭工作台和工具，确保上面没有残留的 DNA，我们不能让采集到的样本受到污染。"

哈里小心翼翼地用镊子把帽子里的头发夹到了第一支试管里，然后剪下一小段烟头，把它放到了第二支试管里，接着，他把每一根棉签的头都剪了下来，分别放到了不同的空试管里，就像妈妈之前教给他的那样。妈妈从许多不同的物品上采集过 DNA，包括手表、帽子、袜子……甚至还有牙刷！安娜贝尔把哪个样本放在了哪支试管里记在了笔记本上。

"大功告成！"哈里得意扬扬地宣布。

接下来，安娜贝尔从冰箱里拿出了 DNA 提取工具。在他们试着提取自己的 DNA 的时候，妈妈曾经教过他们如何使用这些工具。安娜贝尔从工具包里拿出了一个瓶子，里面装着透明的液体，她往每一支试管里都加了一点儿这种液体。

"这是什么？"哈里问道。

"你不记得了吗？这是'DNA 提取缓冲液'。"安娜贝尔告诉他。

“是像我们在工作坊里提取猕猴桃的 DNA 时用的那种吗？我们是用洗涤剂、盐和水配制的。它有什么作用？”

“我们用你的机器人逃生舱乐高模型说明书来举例吧，如果妈妈把它带到学校，可能就会有许多同学过来抢，把它撕坏。如果我们的说明书——DNA 受到损坏，我们可能就会长出十个脑袋或者五条腿，这就是为什么我们的 DNA 需要被保护在一种叫作‘细胞’的特殊包裹里。”

“细胞长什么样呢？”哈里接着问道。

“想象一下发快递的时候用的泡泡纸，”安娜贝尔解释道，“那些泡泡就像是一个个的小细胞，不过，细胞里填充的不是空气，而是胶状物，这种胶状物叫作‘细胞质’，它能够保护 DNA 不受损坏。”

“我喜欢捏泡泡纸！”哈里笑了起来。

“你再想象一下，每一个细胞或泡泡纸的泡泡里都有一个小点，那就是‘细胞核’，DNA 就在它的里面。泡泡外围的塑料就像是细胞外围的‘细胞膜’，保护着所有细胞内部的物质。在我们身体的内部和外部，都遍布着包含 DNA 的细胞，它们非常小，需要用显微镜才能看到。"

"讲得太棒了，安娜贝尔，不过，你加的那种液体有什么作用?"哈里又问了一遍。

"你还记得我刚才说的那个泡泡外围的塑料吗?"

"细胞膜? 那个保护着所有细胞内部物质的东西?"哈里说。

"就是那个!"安娜贝尔点了点头,"这种液体可以帮助溶解细胞膜和细胞核, 这样一来, 包括 DNA 在内的所有细胞内部物质就都会溶在液体里面了。"

"也就是说, 所有细胞都破裂了, DNA 跑到了那些液体里面?"

"就是这样, 哈里。现在, 我们要把试管放到水浴锅里。"安娜贝尔指着一个黑色盖子的长方形盒子说, 那台机器上面亮着红色的数字"60℃", 还发出了很响的嗡嗡声,"那里的水温很高, 可以将样本加热,"安娜贝尔说,"这样就可以完全破坏残留细胞膜, 把 DNA 全部释放出来。"

"我们已经把细胞彻底弄破了!"哈里开心地说。安娜贝尔在定时器上设置了十分钟的时间, 到时间后, 她从水浴锅里取出了试管。

"下面，我们要用过滤器过滤每个样本的液体。"

"什么是过滤器？"哈里问道。

安娜贝尔拿出了几个过滤器，它们看起来就像是塞着小纸片的小试管。她将第一批试管里的液体移到过滤器里。

"过滤器就像是妈妈做蛋糕时用来过滤面粉的筛子。所有破碎的细胞结构都会留在筛子上，而溶在液体里的DNA则会通过筛子。"哈里看着透明的液体慢慢从过滤器底部滴落，滴到另一支试管里。他们耐心地等待着，直到所有液体过滤完毕。

"现在该加酒精了！"安娜贝尔说。在安娜贝尔往试管里加酒精时，哈里感觉鼻子有些刺痛，酒精的气味实在是太浓了。

"我们一开始加的DNA提取缓冲液里的盐会让DNA聚在一起，而酒精则可以将DNA从溶液中分离出来。你仔细看，我轻轻摇晃一下试管，DNA就会出现。"安娜贝尔解释道，"看！你看到白色的絮状物了吗？"哈里看着两种液体混合在一起，就像是冰块融在了水中。突然，薄薄的像棉花一样的白色絮状物出现了，这太令人激动了！一分钟前，试管里还只是透明的液体，现在，一团像白色的棉花一样的东西就出现了，就像变魔术一样！

"这也太酷了吧！看，安娜贝尔，我们把每个样本里的 DNA 都提取出来了！太神奇了！"两个孩子欢呼雀跃，他们的眼睛里都放出了光彩。

"现在，我们只需要用这个小塑料钩把 DNA 钩出来，放到最后的液体里就行了，这样就可以保证 DNA 不会受到污染，可以长时间储存而不致遭到破坏。我们只要把它们放到冰箱里，妈妈就会把它们当作自己的样本进行制作，我们就可以直接得到结果了。大功告成，哈里！"安娜贝尔和哈里迅速收拾好了所有的东西，确保每一样看起来都像是没有被人动过的样子。他们跑出实验室，回到了客厅，想要看一看奶奶是不是还在睡午觉。她还没有睡醒！

"我希望妈妈赶紧回来，这样我们就能得到结果了，但愿我们能够得到想要的结果。"安娜贝尔小声对哈里说。他们俩都开始暗自祈祷。

晚些时候，爸爸妈妈回来了。妈妈大声宣布："今天我要好好休息一下，明天再去实验室干活儿！"安娜贝尔看了哈里一眼，他也和自己一样失落。

"我们真的很需要那些结果。"哈里说。

"我知道，不过别着急，"安娜贝尔安慰弟弟，"也许多等一会儿对我们来说是件好事。"她的脸上突然露出喜悦的笑容。

"我没有明白。"哈里说。

"我刚刚有一个想法，我们如果能够拿到伊西的小狗斯卡莉、彼得的小狗波比，还有米粒的毛发，就能提取出它们的 DNA。我们再从棚屋里找到的毛发中提取出 DNA，将它们进行比对，就能证明它们都被关在了棚屋里，而且我们还能证明篱笆上的毛发就是米粒的！"

"好主意！"哈里说，于是，两个孩子跑到厨房，又拿了一个三明治包装袋，然后从厨房的抽屉里找出了米粒的毛刷。

"我们需要带有发根的毛发。哈里，你要看看毛发根部有没有一个小圆点。"他们仔细在毛刷上搜寻着，将找到的毛发装进袋子，在上面写上了米粒的名字。

"妈妈！我们能去伊西和彼得家玩一会儿吗？他们想让我们过去玩。"哈里趁妈妈没有看到，对安娜贝尔眨了一下眼睛，安娜贝尔会心一笑。妈妈完全不知道他们到底有什么打算。安娜贝尔看到塑料袋从哈里的口袋里露了出来，赶忙把袋子塞到了自己的口袋里。再过一会儿，他们就能找齐斯卡莉、波比和米粒的毛发了，然后他们就可以找机会溜进实验室，从小狗们的毛发上提取出 DNA。

　　用不了多久，他们就能找到证据证明贝克先生偷走了他们的宠物狗，把它们藏在了棚屋里。安娜贝尔的心激动得跳个不停。明天他们放学回家的时候就能够拿到结果了。"拜托，让这段时间快点儿过去吧！"安娜贝尔默默祈祷。

第十章

结果出来了

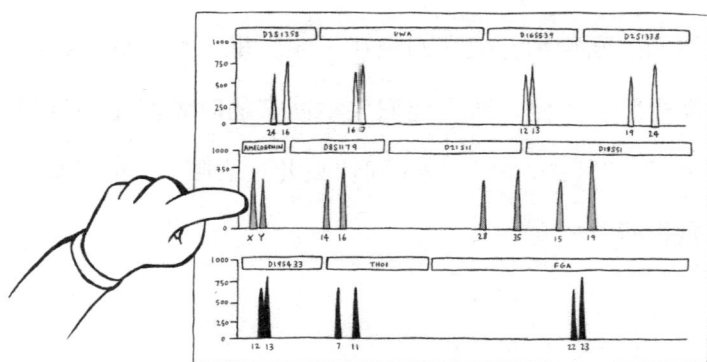

安娜贝尔和哈里放学回家后，径直奔向了厨房。妈妈总是会把准备寄送给客户的结果放在厨房的架子上。果然，这里放着两个棕色的信封。现在，他们只需要转移一下妈妈的注意力就可以了。

"看我的！"哈里兴奋地说道。他拿着一盒燕麦圈冲进了客厅。安娜贝尔听到他把一整盒燕麦圈都倒在了地上，然后大声喊了起来。

"妈妈！"哈里喊道。安娜贝尔看到妈妈跑进客厅，一脸错愕地对着哈里大嚷大叫。现在就是最佳行动时机了！安娜贝尔从书包里掏出笔记本，找到每一个样本的标签编号，然后打开信封，找到对应编号的结果，把它们拿出来。一个信封里面装的是动物 DNA 样本的结果，另一个里面装的是人类 DNA 样本的结果。她把结果塞进书包，之后小心翼翼地把信封放回原位。大功告成后，安娜贝尔快步走进客厅，帮忙打扫剩下的燕麦圈，哈里把它们撒得到处都是！

"走，我们去看看结果吧！"妈妈走出客厅后，安娜贝尔立刻对哈里说道。哈里直接从她的身边挤了过去，一把抢过了她手里拎着的书包。哈里冲上楼梯的时候，一大堆燕麦圈从他的上衣和裤子里面掉了出来，安娜贝尔见状，忍不住哈哈大笑起来。她跟在他的后面，把那些燕麦圈一个一个地捡了起来。

"这些结果是什么意思？"安娜贝尔走进卧室之后，哈里问道。

"等一会儿，你把它们全都弄乱了。"安娜贝尔把结果全部摊在床上，根据她在笔记本里记录的编号把它们分类放好，"好了，这些结果是小狗们的。"她说，"我们

米粒

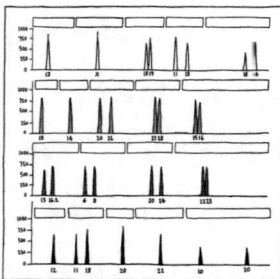

褐色

波比

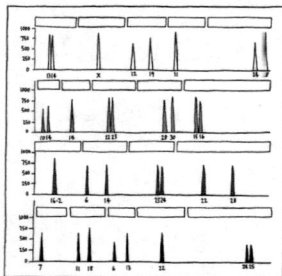

白色

斯卡莉

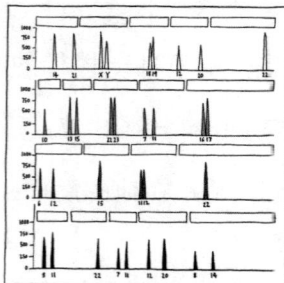

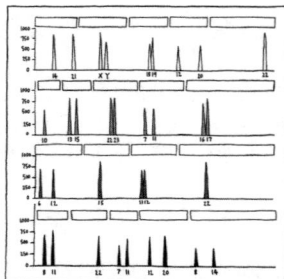

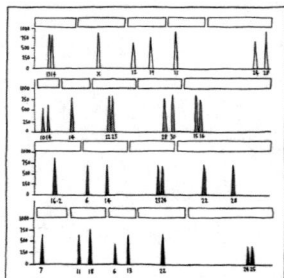

黑色

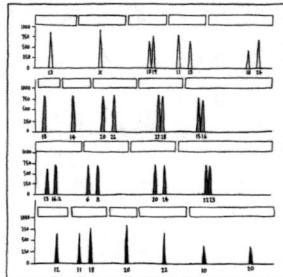

需要把我们在棚屋里找到的毛发的 DNA 样本结果，和斯卡莉、波比以及米粒的毛发的 DNA 样本结果进行比对，如果结果匹配上了，那我们就可以证明它们就在贝克先生的棚屋里面。"安娜贝尔接着解释道。

"就像是'捉对儿'游戏。"哈里说。

"没错！"安娜贝尔继续整理着面前的结果，把他们在棚屋里找到的毛发的 DNA 结果放在上面，小狗们的 DNA 结果放在下面。他们两个不约而同地往前探了探身子，想要看得更清楚一点儿。这些图谱上有许多不同颜色的峰，上面标着不同的数字。

"对儿！"哈里突然喊道，"你看，这两份是一样的！快查查这是哪个样本，是谁的 DNA 样本！"

"是斯卡莉的！它在棚屋里面！"安娜贝尔激动地说道，"这份也匹配上了，这是……等一下……是波比的！"安娜贝尔已经不敢去看最后一份结果了，她只睁开了一只眼睛，屏住了呼吸。

"最后一份结果也匹配上了。"哈里说道，他盯着安娜贝尔核对笔记本上的编号，安娜贝尔露出了微笑。

"是米粒的！"安娜贝尔紧紧地抱住了她的弟弟，他们手舞足蹈地从房间的一头跳到了另一头。

"那篱笆上的毛发呢？"哈里问道。安娜贝尔找出了那份样本的结果。

"和米粒是匹配的！所以，肯定是米粒在被带出花园的时候，毛发蹭到了篱笆上。"安娜贝尔说道。

"那血迹呢？"哈里接着问道。安娜贝尔又找出了篱笆上血迹的 DNA 结果。

"啊，血迹里没有小狗的 DNA，这张图谱上一个峰也没有。等等，这里面有人类的 DNA，这是人类的血迹，是一个男人的血迹！"安娜贝尔睁大双眼，激动地喊道。

"你是怎么知道的？"哈里不太明白。

"你看这里，"安娜贝尔指了指两个绿色的峰说，"你看到它们底下标的'X'和'Y'了吗？"

"看到了！"哈里盯着图谱说道。

"嗯，如果你是一名男性，那你会有一条 X 染色体和一条 Y 染色体，如果你是一名女性，那就只会有两条 X 染色体。正是这条 Y 染色体让你成为一名男性，这部分 DNA 包含着建构男性的全部指令，女性是不需要这一部分的。"

"也就是说，我们现在可以确定，偷走米粒的是一名男性，而且篱笆上的血迹不是米粒留下的。太好了，谢天谢地！"

"我们再来看一看其他结果吧！"安娜贝尔一边说，一边把从烟头、帽子、手套、注射器、门把手和笼子上提取的 DNA 样本的结果摆了出来，"我觉得这些结果都会和血迹的结果相同，这些 DNA 样本应该都出自同一个人。"

"你说得没错！这些结果和在篱笆上留下血迹的那个人的 DNA 样本结果是相同的。"哈里说，"这些是哪里的样本？"他看着安娜贝尔在她的笔记本中查找着。

"是我们从花园里的烟头和注射器上采集的样本，肯定也都是贝克先生的。"

"可是，你看这些结果，上面的峰非常多，差不多是其他结果的两倍多。"哈里指着另外几份结果说道。两个孩子看了看，面面相觑，这些结果和他们预想的并不完全一致。

"这些是门把手和笼子的结果，为什么会这样呢？而且，哈里，你看，帽子和手套的 DNA 结果和血迹的 DNA 结果也不一样。"

"不过这也是一名男性的 DNA。"哈里指着"X"和

"Y"两个峰说道。这时，两个孩子恍然大悟，异口同声地喊了出来："有两个男人！"

"这就是为什么门把手和笼子的 DNA 图谱里有那么多个峰。他们两个都碰了门把手和笼子，所以上面留下了两个人的 DNA。"安娜贝尔和哈里喜出望外，他们已经找到这么多线索了！他们举起手来击了个掌。

"我在想，哪些结果是贝克先生的？这第二个人又是谁呢？"安娜贝尔把两份结果放在一起比对着，"这两份结果里的峰有许多相似之处，"她说，"你看这些数值，有很多都是相同的。妈妈说，孩子在出生的时候会从爸爸和妈妈那里各遗传一半的 DNA。我觉得这两个人应该是有血缘关系的。"

"贝克先生有一个儿子。"哈里提醒安娜贝尔。

"这就说得通了。这就是帽子里的头发和贝克先生的头发不一样的原因，那是他儿子的头发！"

"这太令人激动了，我们马上就能够找全所有的证据了，哈里！现在，我们还有一件事情需要做。"

"什么事情？"哈里问道。

"采集贝克先生和他儿子的 DNA 样本。"安娜贝尔说。

"可我们怎么才能采集到呢？"哈里追问道。两个孩子面面相觑，这似乎是一个不可能完成的任务，不过，为了把最后一块拼图拼上，为了证明贝克先生和他的儿子就是偷走米粒的人，他们必须想出一个办法。

第十一章

寻找最后一块
DNA 拼图

第二天吃早饭的时候，安娜贝尔和哈里兴冲冲地把一张自己做的请柬拿给妈妈看。安娜贝尔不由得露出了微笑。昨天晚上，她在看到伊西的生日派对请柬时心生一计：他们可不可以放学后邀请贝克先生和他的儿子过来做客，为闯入他家的棚屋道歉呢？这样她和哈里就可以从他们父子俩碰过的东西和他们的外套上采集 DNA 了。哈里觉得这个计划非常棒，于是他们一起制作了这张请柬，还用彩笔为它涂上了好看的颜色。

妈妈接过请柬看了看。安娜贝尔紧张地盯着妈妈，不知道她会做出怎样的决定。

"我觉得你们两个的想法非常好。你们可以现在就把请柬送过去，怎么样？"妈妈提议。

安娜贝尔如释重负，她看到哈里一把从妈妈手中拿过了请柬，向贝克先生家冲去。他的动作真是太快了！现在，他们需要等上一整天，才能知道贝克先生父子会不会接受邀请，前来做客。

这一天显得格外漫长。安娜贝尔和哈里终于挨到了放学，他们一起等在窗边，期待着贝克先生父子的到来。安娜贝尔瞥了一眼哈里，他已经等得有点儿不耐烦了。她看到他把鼻子压在窗户上，用整张脸在玻璃上蹭来蹭去。

"这真是太恶心了，哈里，你看看，玻璃都被你蹭花了！"

"是有点儿，不过你看，我可以把鼻子压得这么扁！"哈里说，"你也试试看！"他们在窗边打打闹闹，完全没有注意到贝克先生和他的儿子正沿着小路向家门口走来。敲门声响了起来，把他们俩吓了一大跳。

"欢迎，欢迎，非常高兴你们能够接受邀请。"妈妈把贝克先生父子请进了客厅，"安娜贝尔，哈里，你们还不去把蛋糕端过来吗？"

"我来帮你们把外套放好吧！"哈里边说边朝安娜贝尔眨了眨眼睛。安娜贝尔知道，哈里准备按照他们的计划，尝试从外套上采集一些 DNA。"希望一切顺利！希望这个计划能够成功！"她默默祈祷起来。这真的就是最后一块拼图了，如果他们能够提取出贝克先生父子的 DNA，和棚屋、花园里的 DNA 样本匹配上，那他们就能证明贝克先生父子就是偷走小狗的窃贼。

"你们二位都喝茶吗？"妈妈问贝克先生和他的儿子，"安娜贝尔，你能去把巧克力蛋糕端过来吗？"

安娜贝尔看着贝克先生父子端起杯子喝茶，拿起叉子吃蛋糕，心里激动得不得了。她记得妈妈在法医工作坊里告诉过他们："凡有接触，必留痕迹！"她想象着在他们喝茶、吃蛋糕的时候，口腔里的细胞被刮下来的画面。含有细胞的唾液留在了杯子和叉子上，那些细胞里面就包含着他们的 DNA！希望他们可以留下足够多的

DNA！

与此同时，哈里正忙得不可开交。正巧，贝克先生穿了他们在他家里看到的那双靴子，在进屋的时候，把靴子脱下来放在了门廊。他们怀疑他在偷走米粒的时候穿的就是这双靴子，花园里的脚印就是这双靴子留下的。哈里把左脚的靴子拿到了客厅对面的书房，把鞋底的花纹印在了纸上。"这只靴子的鞋底花纹肯定和花园里的脚印是一样的，"他激动地想道，"我们又找到了一样证据！"

在小心翼翼地把靴子放回原位之后，哈里戴上手套，在贝克先生父子的外套口袋里翻找起来，他绝不能把自己的 DNA 留在证据上面！贝克先生的外套口袋里放着一个注射器，哈里立刻从自己的口袋里拿出了事先准备好的塑料袋，把注射器放了进去。接着，他拿出一根棉签，擦拭了一下两件外套的衣领和袖口。他知道，这两处是皮肤和衣服接触的地方，会有细胞留在上面，这是他们最有可能采集到 DNA 的地方！

最后，哈里掏出透明胶带，在外套的衣领处粘了几下，从两件外套上各粘下来几根头发。他知道自己已经出色地完成了任务，欣喜若狂，一溜烟地冲到楼上，把采集到的样本藏到了安娜贝尔的卧室里，然后昂首阔步地来到客厅，脸上带着得意扬扬的表情。

"我们非常抱歉，我们不应该闯进您的棚屋。"安娜贝尔对贝克先生说，她将两根手指放到背后交叉起来，表示这并不是自己的真实想法。

"希望你们喜欢吃这个蛋糕。"哈里紧跟着说道。

"蛋糕非常美味，谢谢你们。我们可以把之前发生的事情全都忘掉，你们觉得怎么样？"贝克先生说。

安娜贝尔看了一眼妈妈，妈妈长舒了一口气。

"您二位吃好了吗？我可以帮你们收一下杯子和盘子吗？"安娜贝尔一脸天真地问道。贝克先生父子绝不可能想到，这只是两个孩子设下的圈套，他们只是想借此机会采集他们的 DNA ！

"真懂事，那就麻烦你了。"贝克先生说，他面带微笑，看起来十分友善。安娜贝尔和哈里可以看出，妈妈已经被他的外表所蒙蔽，但他们不会这样。贝克先生的儿子一直没有说话，他细细地打量着安娜贝尔和哈里，但是他们并不觉得紧张。他怎么可能看穿他们的计划呢？他们两个不约而同地盯着他的头发看。和贝克先生不一样，他长着一头黑色的长发，和他们在花园里的棒球帽上发现的头发是一样的！安娜贝尔给哈里使了一个眼色。

安娜贝尔把毛衣袖子放下来，遮住她戴着手套的双手，小心翼翼地端走了杯子和盘子。她不想把自己的DNA留在上面。她尽量不让自己的手碰到叉子，并且努力记住每一样餐具都是谁用的。

安娜贝尔走进厨房，用棉签擦拭了一下他们刚刚喝茶的杯子以及他们用来吃蛋糕的叉子。她仔仔细细地给每个袋子都贴好了标签，然后跑上楼，把样本统统藏到自己的卧室里。她一来到房间，就看到了哈里采集到的样本，露出了灿烂的笑容。发现那张印着脚印的纸的时候，她激动得身体仿佛沸腾了起来。这里现在简直就是一个装满了证据的宝库！她用颤抖的双手拿出了他们给花园里的脚印做的石膏模型，把那张纸放在了模型旁边。一开始，她甚至都不敢去看。纸上的纹路和靴底上的磨损痕迹完全对应！贝克先生就是穿着这双靴子潜进了他们家的花园，偷走了米粒！安娜贝尔用最快的速度跑下楼，想要立刻把她的发现告诉哈里。

"匹配上了！"安娜贝尔趁哈里走进厨房的时候小声对他说，"靴底的纹路匹配上了！哈里，我们现在已经有很多证据了，我们今晚就可以去实验室把 DNA 提取出来，妈妈明天会去实验室处理样本。也就是说，我们明天放学回家的时候就可以拿到结果了。"

"你居然背着我自己比对了脚印！本来我想做这件事的！是我把脚印印出来的！"听安娜贝尔说完，哈里有些气愤地说道。

"不过它们匹配上了，哈里，你不激动吗？我们很快就能拿到 DNA 证据，证明贝克先生父子就是窃贼了。你注意到贝克先生儿子的黑色长发了吗？"

哈里每次生气都不会持续很长时间，这是他的一大优点。他和安娜贝尔非常激动，他们已经找到了最后一块拼图。他们在厨房里面手舞足蹈，心狂跳不止。他们在窃贼的眼皮子底下收集到了 DNA 证据！

第十二章

最后的结果

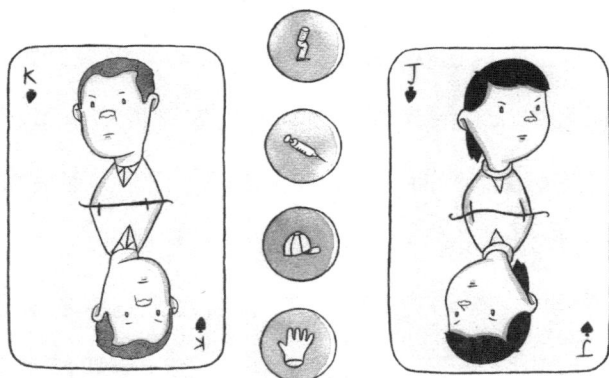

安娜贝尔和哈里放学回到家，立刻冲进厨房，去找有没有信封放在那里。找到了！他们马上就可以拿到最后一块拼图了，激动的心情简直溢于言表。"交给我吧，我来转移妈妈的注意力，"哈里自告奋勇，"看好了！"

"妈妈！我的'星球大战'T恤在哪儿呢？我要穿！"妈妈听到哈里的喊声，立刻跑上了楼。安娜贝尔趁这个时候从书包里掏出笔记本，开始查找编号，然后在信封里翻找起来。他们拿到结果了！她小心翼翼地把信封重新封好，把他们需要的结果塞进书包。完成这一系列的操作之后，她上楼去找哈里。

她还没走到哈里的房间，就看到两抽屉的衣服都被翻出来，摊在了地上，可是就是没有那件"星球大战"T恤。哈里正欢天喜地地把衣服扔来扔去，妈妈则在衣服堆中认真翻找着。哈里看到安娜贝尔走了过来，便把手伸到枕头后面，把那件T恤拽了出来，然后大喊："妈妈，我找到了！"

"哈里！"妈妈有些恼怒，"你自己把这些衣服收起来！我要去喝杯茶歇一会儿。"两个孩子等妈妈走下楼之后，径直冲进了安娜贝尔的房间。哈里一把抢过书包，把几份结果摊在了地上。

"你还记得花园里的烟头和注射器上的DNA是出自同一个人的吗？"哈里说道，"我们把它们的结果放在这边。帽子和手套上的DNA出自另外一个人，我们把它们的结果放在这边。现在，我们只需要给它们配一下对，看看哪个DNA是谁的就可以了。"哈里看着安娜贝尔把这些结果在床的两边放好。

然后，他们俩不约而同地看向了放在地上的样本结果。"哈里，帮我整理一下。"安娜贝尔翻开了笔记本，"21号到25号样本是贝克先生的，取自叉子、杯子、外套和外套上的头发。"哈里把这几份结果放到了一起，结果完全相同。

"26号到30号样本是贝克先生的儿子的。"安娜贝尔接着说。哈里把这几份样本结果归到了另外一摞。

"也完全相同，安娜贝尔。你看，它们和贝克先生的DNA样本结果是不同的，和我们预想的一样。"

"哈里，你拿着贝克先生的样本结果，看看它们和床上的哪些结果相同。我来找贝克先生儿子的结果。"

"这就像是'凶手捉对儿'游戏！"哈里哈哈大笑。

"这就是一场'捉凶手'游戏！"安娜贝尔也笑了起来。

不一会儿，他们俩异口同声地大喊："对儿！"

"我捉到'对儿'了，哈里！棒球帽和手套上的DNA和贝克先生儿子的DNA是相同的，就是他戴着帽子和手套溜进了我们的花园！"

"我也捉到'对儿'了！"哈里紧接着说道，"花园里的烟头上的DNA和贝克先生的DNA是相同的，注射器上的DNA也是他的。看，安娜贝尔，笼子和门把手上的 DNA 就是贝克先生父子的。"

"我们成功了，哈里！我们把缺失的一环也给补上了！我们现在可以证明米粒被偷走的时候，贝克先生父子就在我们的花园里面。我们提取出了斯卡莉、波比和米粒的 DNA，可以证明它们就在棚屋里面。我们还能够证明贝克先生父子去过棚屋，碰了笼子和门把手，贝克先生还用注射器给小狗们下了药。是时候该把这些事情都告诉妈妈了！"

"要是她不相信我们怎么办？我们闯进了她的实验室，她可能会跟我们大发脾气。"哈里说。

"可如果我们不告诉她，我们就没法把米粒救出来。我们必须要告诉妈妈，哈里。"虽然安娜贝尔这样说，但她也非常担心，不知道妈妈会说些什么。安娜贝尔是个不喜欢犯错、惹麻烦的孩子，她也撒过谎，不过那只是善意的谎言。

和他们猜测的一样，在得知他们闯进了实验室，而且闯了不止一次之后，妈妈勃然大怒。接着，安娜贝尔讲述了他们是怎么神不知鬼不觉地从贝克先生父子身上采集到了样本的，妈妈听完目瞪口呆。最开始，她完全不知道该说些什么，他们三个就静静地坐在那里，空气中的沉默让人感到紧张不安。两个孩子默默地等待着妈妈宣布他们的"命运"，他们收集到的证据全都摆在厨房餐桌上。

"我不知道该说些什么，你们两个让我非常生气。"妈妈终于开口了，"你们撒了那么多谎，还偷偷摸摸地做了那么多事情，你们未经允许就擅自闯进实验室，还动了我的东西。最重要的是，你们不应该在未经允许的情况下就从他人身上采集 DNA。我不知道你们会惹出多大的麻烦。不得不说，你们收集到的证据确实非常有力，但是由于你们收集证据的手段并不正当，警察可能不会采纳。现在事情简直变得一团糟，我非常生气，但也可以理解你们为什么会这样做。我必须要承认，从科学角度来讲，你们已经取得了非常了不起的成果。我不知道现在该做些什么。"妈妈用手捂着脑袋，突然，她好像有了主意，"你们在这里等着！"她边说边朝客厅的方向走去。

"我觉得妈妈是去报警了。"哈里说，"别出声！我们看看能不能听到她在做什么。"他打开了门，安娜贝尔也竖起耳朵听着。虽然他们听不清具体的内容，但妈妈应该是在跟谁说话，说了很长时间。接着，脚步声响了起来，妈妈向厨房走了过来，两个孩子迅速坐回了原位。

"我联系了警察，"妈妈的脸上带着灿烂的笑容，"他们会对贝克先生父子采取强制措施，对他们的棚屋和房屋进行搜查。他们想要向你们两个了解一下情况，看一看你们收集到的证据。"

"我们会不会惹上什么麻烦？"哈里一脸紧张地问。

"不会，警察不会追究你们的责任，但他们想要提醒你们两个，未经警方允许，不得擅自采集他人的DNA，不过……我还有事情要告诉你们……大声欢呼吧，孩子们，你们成功了！你们成功破了案，他们有望解救出邻居们的小狗还有我们最爱的米粒！这值得好好庆祝一下！"妈妈边说边张开了双臂。

哈里立刻冲过去和妈妈抱在了一起，安娜贝尔也加入了拥抱，他们紧紧地抱在一起，暖意涌遍全身，喜悦在空气中蔓延。"如果米粒此刻也在这里，它肯定也会加入进来。"安娜贝尔自顾自地想着，嘴角止不住地上扬。她非常喜欢和米粒抱在一起，米粒能够听懂"抱抱"这个指令！他们的小狗很快就能回来了，而这一切都要归功于"DNA小侦探"！

第十三章

焦急的等待

安娜贝尔和哈里看到两辆警车在家门口停了下来，难掩激动的心情。两名警察走下第一辆警车，到贝克先生家门口敲了敲门。门开了。不一会儿，他们便看到警察将贝克先生和他的儿子带上了警车。第一辆警车开走了。接着，他们听到自己家门口也传来了敲门声，是第二辆警车里的警察。

警察走进家门，询问两个孩子都收集到了什么证据。安娜贝尔和哈里非常骄傲地拿出了自己的全部成果，他们详细地向警察解释了这些证据的来历以及他们的收集方法，安娜贝尔还拿出了她的笔记本和那个脚印的石膏模型。然后，妈妈带警察来到了实验室，两个孩子自豪地向他们解释了自己是如何从样本里面提取出DNA的。之后，他们又带警察来到花园，查看发现证据的地点。

安娜贝尔可以看出，警察们对他们找到了这么多证据大为震惊。

"我觉得你们简直和我们一样专业，"其中一名警察感叹道，"你们就是'迷你小侦探'！"

"不，"哈里纠正了他的说法，"我们是'DNA小侦探'！"

那名警察朝哈里眨了眨眼睛："没错，小朋友，你们就是'DNA小侦探'，这真是太不可思议了！不过，我想你们的妈妈应该已经告诉你们了，在没有征得他人同意的情况下，不可以擅自采集他人的DNA，而且，如果想要将罪犯绳之以法，必须由负责现场取证的警察开展取证工作。但是，你们这次非常幸运，因为如果你们所说的都是真的，那么我们应该还有足够的证据可以用来取证调查。"

安娜贝尔看了看哈里，他和自己一样，也已经笑得合不拢嘴了。警察们在家里待了一会儿便离开了，但是邻居家的搜查工作持续了整整一天。两个孩子听到一直有砰砰砰的声音从墙的另一边传来。他们还跑到安娜贝尔的卧室，透过窗户看到负责取证的警察和自己一样，穿着工作服，戴着口罩和手套，走进了棚屋。

过了很久之后，又一阵敲门声响了起来，这次登门的是另外一名警察。爸爸站起身前去开门。"你们两个在这里等着。"他带着满脸的笑容对安娜贝尔和哈里说道。

"他可能是来告诉我们找到米粒了！"安娜贝尔激动地喊了出来，她一分钟都等不下去了。哈里在沙发上坐立不安，他也在焦急地等待着。他们听到了关门的声音，过了一会儿，便看到那名警察沿着小路离开了。

"我没有听到米粒的声音。"哈里说。

"可能它被下了药，还没有完全清醒过来。"安娜贝尔说。门开了，两个孩子可以从爸爸的表情中看出，警察并没有为他们带来好消息。他们坐了下来，不敢去想爸爸接下来会说些什么。

"很抱歉，我要告诉你们一个坏消息。警察对贝克先生家和棚屋进行了全面搜查，但是什么也没有找到。"

"不可能！"两个孩子不肯相信，"我们确定就是他们偷走了米粒，我们有证据。他们找到棚屋里的笼子了吗？"

"笼子都不见了，警察一个笼子都没有找到，棚屋里面什么也没有。他们找不到小狗被关在棚屋里面的证据，房间里也没有任何证据。很抱歉，孩子们，现在，他们需要释放贝克先生父子。"

安娜贝尔感觉到爸爸伸出手把她搂在了怀里，她情不自禁地啜泣起来。妈妈也走过来抱住了哈里，他现在满腔怒火。"不会这样的，不可能！"他一遍又一遍地喊着。

"嘿，要不你们两个去地下室玩一会儿桌上足球吧，我一会儿再给你们拿下去一些你们爱吃的巧克力豆曲奇。我们会找到米粒的。"妈妈说道，不过安娜贝尔觉得她的语气并不肯定。他们明明距离胜利就只有一步之遥了，为什么会这样呢？

安娜贝尔和哈里打开了厨房地上的暗门，沿着楼梯下到了地下室。以前，地下室是家家户户用来储存煤块的地方，有些邻居也会用它来贮藏红酒，不过，安娜贝尔和哈里非常幸运，他们的爸爸妈妈把地下室改成了游戏室，他们常常会来这里玩桌上足球，一玩就是好几个小时，拼尽全力想要战胜对方。可是今天，他们只是背靠着墙坐在地上，用两只手抱着自己的脑袋。

"我不是很想玩桌上足球，"哈里说，"我甚至说不好自己还想不想吃曲奇。"安娜贝尔知道，如果连吃东西都无法让哈里提起兴趣了，那他肯定已经难过到了极点。她给了他一个大大的拥抱。

"他们肯定是把所有的笼子都拿出去藏起来了。"安娜贝尔说，"他们可能知道我们已经发现他们的阴谋了。"

两个孩子就这样静静地坐着，突然，他们听到了一声呜咽，声音很小，但他们可以确定那就是呜咽的声音。

"你听到了吗？"哈里问道，"我好像听到了小狗的声音！"

"我也听到了，是从那面墙的后面传来的。"安娜贝尔把耳朵紧紧地贴在墙上，这样可以听得更清楚一点儿。呜咽声再次传来，哈里也学着她的样子把耳朵贴了上去。"是米粒！我可以确定那就是米粒的声音！"安娜贝尔的语气中充满了希望，"它应该是听到了我们的声音，想要告诉我们它就在那儿。"

"贝克先生会不会把小狗藏在了自己家的地下室里？这条街上的所有房屋都带有地下室。会不会是贝克先生家的地下室入口非常隐蔽，警察们没有找到？"哈里说出了自己的猜测。

"我们需要潜入他家的地下室去看一看。我们得尽快采取行动，要赶在他们把更多的证据转移走之前。走，哈里，我们得先准备一些装备。你能去找一下手电筒、装证据的三明治包装袋和棉签吗？我去拿绳子、螺丝刀、透明胶带和相机。这一回，我们要把证据全都拍下来，这样就可以做到证据确凿了。"

"可是警察说过，只有负责取证的警察才能收集证据。"哈里一脸担忧地说道。

"现在没有时间顾虑这些了，哈里，我们需要在他们把米粒转移到其他地方之前找到它。我非常确定，它就在贝克先生家的地下室里。"

"我们不能直接告诉警察我们觉得小狗们被关在那间地下室里，让他们派人去调查吗？"

"他们不会相信我们的，哈里，他们刚才没有在棚屋和房间里找到证据，他们会觉得那都是我们编造出来的。别磨蹭了！快点儿去把装备找齐，我们在客厅碰头。我们需要等贝克先生和他的儿子出门后再行动。"

安娜贝尔和哈里假装坐在那里看电视，但实际上是在偷偷观察自己的邻居什么时候出门。距离他们被警察释放回到家里已经至少过去两个小时了，就在两个孩子以为他们不会再出门了的时候，汽车引擎的声音响了起来。看到贝克先生父子开车离开，安娜贝尔立刻背上了那个装着全套侦探装备的双肩包。"妈妈，我们去伊西家玩一会儿。"她说道。

"好的！"妈妈大声喊道，"别忘了回来吃下午茶！"

"一会儿见！"两个孩子一边喊着一边冲进了花园。他们爬上游戏房的屋顶，然后翻过篱笆，跳到了贝克先生家的花园里。这一回，安娜贝尔没有丝毫犹豫。虽然她还是和上次一样，非常害怕从篱笆上跳下去，但是她知道，他们寻找米粒的行动时间紧迫，无论她心里有多么害怕，也不能耽搁一秒钟的时间。

"我们要怎么溜进地下室？"哈里问道。

"我们从装煤槽滑下去！"安娜贝尔笑着回答。

"从什么？"

"装煤槽！那是一条小通道，有点儿像是通往地下室的滑梯。"安娜贝尔解释道,"以前,人们会从这个槽把煤块倒下去,这样就能很方便地把煤运进地下室了。你知道家里的后墙上有一个小口吗?那个就是为装煤槽开的口。贝克先生家的口肯定也开在差不多的位置,帮我一起找找吧,哈里!"

"我猜应该就在这里。"哈里指着贝克先生堆在后墙旁边的几块木板说道,"得把它们移开,帮我一把。"两个孩子准备一起把这些又重又潮的木板移到一边。

"啊!这上面全都是鼻涕虫和蜗牛!"安娜贝尔大声尖叫起来。

"我喜欢鼻涕虫和蜗牛!"哈里笑嘻嘻地说,"啊,你看,有几只个儿头很大呢!真是太棒了!"

"嘿,快点儿吧,"安娜贝尔不耐烦地对他说,"我们没有和它们玩的时间了。看,就在这里!这个小口就是装煤槽的口,和家里的差不多。把包里的螺丝刀递给我,我来试试能不能打开它。"两个孩子非常幸运,这个小口锈迹斑斑,周围的木框在潮气的侵蚀下已经变软,安娜贝尔很轻松地就把上面的门撬开了,而且这个洞口足够大,他们完全可以从这里钻进去。

"哈里,你试试看能不能拽过来几块木板,用它们堵住洞口，让这里看起来和之前差不多。我先钻进去了，行吗？"

哈里顺着洞口往里看了一眼，里面一片漆黑，他不确定自己是不是真的愿意从这里滑下去。不过，他还是答应道："好的，你先去吧，安娜贝尔，小心一点儿。"

安娜贝尔小心翼翼地爬进了洞口。这个装煤槽是一条用砖砌成的通道，仿佛长得没有尽头，通道里面漆黑一片，她完全看不到底下是什么样子。她摸了摸槽壁，感觉黏糊糊的，同时还能闻到潮气的味道。她深吸了一口气，向着黑暗滑了下去。下降的速度非常快，她忍不住发出了一声尖叫。哈里把木板拽到洞口，堵在了身后，然后紧跟着安娜贝尔滑了下去。他的心在胸腔里怦怦跳着，恐惧和兴奋的感觉交织在了一起。

第十四章

通往未知的通道

"**哎**哟!"安娜贝尔叫了出来,哈里顺着装煤槽滑了下来,直接落在了她的身上。地下室里也是黑漆漆的,只有几缕光线透过洞口边缘的缝隙照进来。这里面非常冷,在潮气和漂白剂的味道当中,还混合着一股浓烈的小狗身上的味道。

"我们没办法沿着原路爬出去了。"哈里扭过头看着装煤槽说道。在眼睛适应了这里昏暗的光线之后,他和安娜贝尔发现装煤槽并不是一路延伸到底的,到了最后两米的时候，他们是直接坠落下来的，落在了一堆煤块上面——所幸，煤堆上还有一摞脏兮兮的旧毛毯接住了他们，起到了缓冲作用。

"我们不可能爬上装煤槽，再沿着它爬出去。那个地方太高了，墙面又非常滑，根本没法爬。"哈里说。

"别担心，我们会找到出去的办法的。我们先去找米粒吧！等一下，我把手电筒打开。"安娜贝尔说。在昏暗的光线下，她可以看到他们身边有一些模糊的影子，但是看不出来它们都是些什么。她拿着手电筒，在这间又小又潮湿的地下室里照来照去，他们身边的那些模糊的影子突然被照亮了，她终于看清了它们的形状。

"看，哈里，笼子！"安娜贝尔大声喊了出来，"我觉得里面还关着小动物。"

两个孩子用手电筒一个个地照着这些笼子查看。终于，他们找到了它。

"哈里，快来！"安娜贝尔激动地叫道，"你快点儿过来啊……是米粒！"

哈里用最快的速度朝安娜贝尔用手电筒照着的地方跑了过去，他已经迫不及待地想要见到米粒了。他向笼子里面看去，是它，这就是他们心爱的小黑狗米粒。被关在笼子里面的米粒抬起头，摇了摇尾巴，看起来费了很大的力气。两个孩子把手指伸进笼子的缝隙，想要摸一摸它。他们找到它了！

"米粒！我们非常想你，我们一直在找你。你还好吗？哦，米粒。"哈里一边用手指轻抚着米粒的鼻子，一边气喘吁吁地说道。米粒用它漂亮的棕色大眼睛看着哈里的眼睛，眼神中满是爱意。

"他们肯定给它下药了，"安娜贝尔说，"它看起来非常疲惫。它的笼子就挨着离我们的地下室最近的那一面墙，我们去地下室玩桌上足球的时候听到的肯定就是米粒的声音。它真是太棒了！它肯定是想要告诉我们它就在这里。"

安娜贝尔和哈里可以看到地下室里至少还有五个笼子，里面都关着小狗，可是，这里鸦雀无声。

"没有一只小狗发出声音。"安娜贝尔望着眼前的一片黑暗说道，"看，它们全都躺在笼子里面，它们肯定被下药了。我可以确定那只就是波比，等等，这只绝对就是斯卡莉。你看，这里还有两只……不对，等一下……三只小狗。"

两个孩子赶紧数了一下，这里一共有六只小狗。这些笼子都又窄又小，外面都挂着一把锁，把笼门牢牢地锁住。每个笼子里面都放着一块旧毛毯，铺着几张报纸，还有一个脏兮兮的碗，里面盛着一些水。

两个孩子发现，水碗都是用一截旧电线绑在笼子上的，以防被小狗们打翻。地下室的地上扔着一些废弃的注射器，贝克先生父子就是用它们来给小狗们下药的。空气中弥漫着漂白剂的味道，这很可能是在清洁笼子的时候留下的。角落里还放着一个黑色的包裹，里面装的都是些脏兮兮的报纸。

"那个包裹好臭啊！"哈里捂住了自己的鼻子。

"我们得带米粒离开这里。"安娜贝尔忧心忡忡地说道，"看，那段楼梯肯定是通向厨房里的暗门的，就和家里的布局一样。我们去看看顶上的暗门是不是开着的吧！"

他们走到一半的时候，突然听到了一阵声响。

"我听到有声音。"哈里小声说道，"哦，不！是贝克先生和他的儿子，他们回来了！我们得赶快藏起来！"

两个孩子非常担心贝克先生父子会发现自己。

"快，哈里，藏到那些毛毯下面，能趴多低就趴多低。"安娜贝尔着急地指着滑下地下室的时候接住他们的那一摞毛毯。她赶忙把手电筒关上，哈里也跟着关上了自己的手电筒。

不一会儿，他们两个就都藏到了那一摞毛毯下面。他们害怕极了，连呼吸的声音都不敢发出。他们完全不敢去想，要是他们被发现了会发生什么事情。安娜贝尔伸出手，拉住了哈里的手，哈里也紧紧地抓着姐姐的手。他们警觉地留意着地下室里一丝一毫的动静，他们的心在胸腔里面狂跳，毛毯的潮气和腐臭灌满了他们的肺，他们拼命地忍着，千万不能咳出声来。

这时，他们听到通往地下室的暗门打开了，有人从楼梯上走了下来。地下室的灯也亮了起来。

"干得漂亮！"贝克先生对他的儿子说，"看看这只漂亮的小狗，肯定能卖个好价钱。抓住它，我来给它注射药物。"

安娜贝尔缓缓地把毛毯掀起来了一点点，这样他们就能够看到贝克先生父子在做什么了。哈里更加用力地攥着安娜贝尔的手。这次，贝克先生父子带回来一只漂亮的黑色拉布拉多犬，它在看到针头的时候发出了凄惨的叫声，拼命想要逃跑，一边摇着脑袋一边向后退。贝克先生的儿子从地上捡起一根棍子，用力打了它一下，两个孩子惊恐地目睹着眼前的一幕。

"老实点儿！"贝克先生的儿子恶狠狠地喊道。那只小狗不敢再乱动了。随着药效开始显现，它渐渐没有了力气。

"快！趁它倒下去把它关到笼子里面。"贝克先生说，"今天晚上我们就把这些小狗全都运走。我们不能再冒着风险把它们关在家里了，警察和那两个讨厌的小孩已经盯上我们了。我们今晚就把它们都送到曼彻斯特去。把那只狗的项圈给我，我们得把这些证据烧掉。"两个孩子看着贝克先生把那只昏昏欲睡的拉布拉多犬关进了一个空笼子，然后把那些笼子的钥匙挂在墙上的一枚钉子上。

"备用钥匙也都挂在那里吗？"贝克先生的儿子问道。

"是的，都在这里。快点儿，你先去检查一下其他小狗，快！我们得去把货车开过来，把这些小狗都运到曼彻斯特去。"

"它们一切正常。药的剂量都很大，它们是不会发出任何声音的。我们可以出发了！"

安娜贝尔和哈里听到贝克先生父子走上楼梯，推开暗门，关上地下室的灯，然后砰的一声把门关上，最后转动钥匙，把门锁了起来。过了几秒钟，他们听到父子俩把什么东西拽了过来，挡住了暗门。又过了没多久，房子的前门猛地关上了，他们还可以勉强听到从门外传来汽车开走的声音。

"他们应该已经离开这里了。"安娜贝尔说，"我们时间紧迫，哈里，他们要去把货车开过来，然后就会把这些小狗全部送走。我们得赶紧告诉警察，这样才能把他们抓住。不过，我们得先从这里出去。"此刻，安娜贝尔很想大声哭出来，可是她知道，自己必须要坚强一点儿。

她把哈里从毛毯下面拽出来，拉着他一路跑上楼梯，他们的腿一直不停地颤抖着。他们打开灯，然后一起用力向上推暗门，想要把它推开，可这一切都只是徒劳，门已经锁上了。

"不行，安娜贝尔，他们把门锁上了。我们被困在这里了，我们出不去了。我们现在该怎么办？"

安娜贝尔看了看还被关在笼子里面的米粒。他们必须想办法逃出这间地下室，告诉警察他们找到了那些失踪的小狗，否则，贝克先生父子就会回到这里，把这些小狗全部送去曼彻斯特卖掉，那样的话，他们就再也见不到米粒了。而且，要是让贝克先生发现她和哈里溜进了地下室，他会把他们怎么样呢？他们肯定有办法逃出去，可是这个办法是什么呢？他们陷入了绝望。

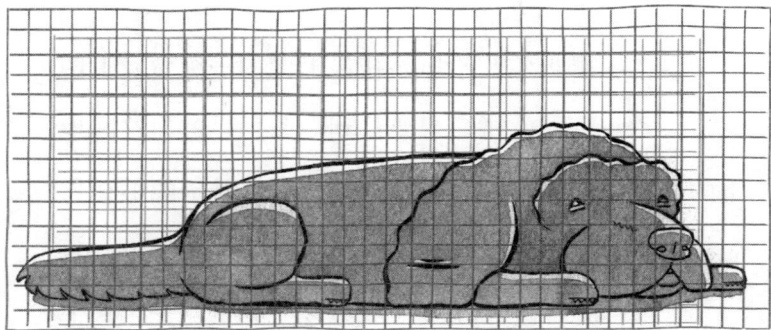

第十五章

被困

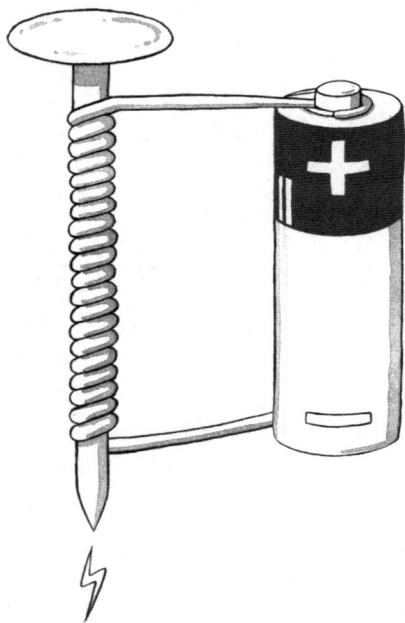

安娜贝尔和哈里站在最上面的一级台阶上四下环顾，拼命想要找到一条可以逃出这间地下室的通道。他们两个都非常害怕，非常希望能够在贝克先生父子回来之前逃出去。

哈里首先打破了沉默："我好像听到贝克先生跟他的

儿子说，备用钥匙也挂在地下室里。你听到了吗？"

"哦，是的，没错，他确实说了这么一句话。抬头看，哈里！"安娜贝尔指了指墙上的那枚钉子，上面挂着笼子的钥匙，她希望暗门的备用钥匙也挂在这里。两个孩子轮流往上蹦，想要试着把那串钥匙够下来，可是钥匙实在挂得太高了，他们怎么也够不到。

"要不试试用他们打狗的那根棍子？快，哈里，我们试试看用它能不能够到！"安娜贝尔提议。哈里赶紧跑过去捡起了扔在地上的那根棍子，把它递给了安娜贝尔——她比哈里个子更高一些。

"不行，哈里，我踮着脚也够不到。"

"要不你把我举起来？"哈里说。安娜贝尔把哈里举了起来，用尽力气试着把他举到最高的位置。她有些不堪重负，整个人在下面摇摇晃晃。

"当心点儿！别把我摔下去！"哈里提醒她。哈里看到那串钥匙已经近在咫尺了，但是就差那么一点儿，还是够不下来。

"还是不行，还差那么一点儿。"哈里垂头丧气地说道。安娜贝尔小心翼翼地把他放了下来。他们俩一屁股坐在了楼梯上，哈里拿着手电筒在手掌心里敲来敲去。

"拜托，你能别敲了吗？真的很烦人。"此刻，恐惧、焦躁和沮丧的情绪压得安娜贝尔喘不过气。

"你才烦人！我想回家！"哈里有些恼怒地说道，他已经快要哭出来了。

"等一下，我突然想到一个主意。我们需要一块磁铁！"安娜贝尔的语气十分激动。

"你为什么会突然想到这个主意？我知道了，我只要跑去商店给你买一块磁铁回来就行了，对不对？"哈里的话里充满了讥讽的意味。

"我看到你在那儿敲手电筒，突然想到了这个主意。我们来自己做一块磁铁，哈里，做一块电磁铁，就像妈妈在她的电力工作坊里教给我们的那样，你不记得了吗？"安娜贝尔面带微笑地说道。

"我当然记得！你真是太聪明了，姐！刚才是我不对，对不起，我只是有些害怕，我不是有意那么说的，我只是想从这里出去。告诉我我们都需要准备些什么，我能帮上哪些忙。"

"没事的，哈里，我也和你一样害怕。现在，我需要你的帮助。我们需要准备一节电池，可以用你的手电筒里的电池；一枚钉子，看——这个笼子旁边就有一枚；

一些电线，可以用把水碗绑在笼子上的旧电线；还有一些绳子，用来把电磁铁绑在棍子上。哈里，你去找电线，我去准备电池、绳子和钉子。"两个孩子马上行动起来，他们知道，现在一秒钟都不能浪费，因为贝克先生父子可能已经开着货车往回返了。

哈里把电线拿给了安娜贝尔。这些电线的两端裸露着铜丝，其他地方都包着绝缘层。安娜贝尔小心翼翼地把几截电线接在一起，然后把它整整齐齐地缠到了她在地上捡到的大铁钉上。

"我们需要连接一条完整的电路，不能有任何断点，否则就没法导电了。我往这枚钉子上缠的电线越多，磁铁的磁力就会越强。电线必须要按照同一个方向缠，否则电流就会流向不同的方向，就无法产生磁力了。"

安娜贝尔把这些理论大声说了出来，一部分是因为她想给哈里解释清楚，但主要还是想要通过这种方式让自己冷静下来。哈里看到安娜贝尔从背包里拿出透明胶带，把电线的一端固定在那节黑金相间的电池上，另一端固定在电池的另一头上。

"帮我把它绑到棍子上，哈里。我们得快一点儿，要不一会儿电池就没电了。这样肯定可以，我能感觉到它已经开始发热了。试试看它能不能把地上的那枚钉子吸过来。"

"哦！吸过来了！太棒了！"看到那枚钉子被吸了过来，哈里兴奋地喊道。他立刻把一端绑着自制电磁铁的棍子举到空中，安娜贝尔又把他举了起来，尽可能让他离挂在墙上钉子上的那串钥匙近一点儿。哈里将磁铁对准钥匙。咔嗒——清脆悦耳的声音传来，那串钥匙吸到了磁铁上。哈里把它从钉子上够了下来，然后慢慢地把棍子往回收。

"哦！我们成功了！"安娜贝尔喊道。她把哈里放下来，甩了甩胳膊。她刚才用尽力气把哈里往高举，胳膊已经有些酸痛了。她不敢相信，她的小弟弟居然已经这么重了，肯定是因为他吃了太多比萨！

哈里把那串钥匙从磁铁上取下来，然后用最快的速度冲向关着米粒的那个笼子。他找出了挂锁的钥匙，打开了笼门，看到米粒朝自己摇了摇尾巴，还用尽力气转过头，想要舔一舔自己。它好像是在说："谢谢你们救了我。"

"它还是很疲惫，"安娜贝尔站在哈里身后说道，"现在应该还没法自己走，我来抱着它。我们还得把笼门关上，不能让他们发现有人来过这里。哈里，拿上包和棍子，去把暗门打开。我们不能把其他小狗也一起带走，我也不想这样，但是如果我们把它们都救出来，贝克先生父子就会知道我们来过这里。希望他们不会发现米粒不见了。我们一到家，就可以让警察来解救其他小狗。快！我们需要立刻离开这里！"

安娜贝尔把米粒抱了起来，她感觉在跟着哈里跑上楼梯的时候，米粒紧紧地依偎在自己的怀里。此刻，她的心跳快得就像高速列车一样。她看着哈里把钥匙插进了锁眼，锁会打开吗？两个孩子几乎不敢去看，他们都非常担心这把钥匙可能没法把锁打开，不过，哈里只是轻轻地转动了一下钥匙，他们就听到了那个清脆悦耳的声音——咔嗒，锁开了。哈里用力推了推暗门，可是门依然纹丝不动。

"有什么东西挡在上面。帮我一下，安娜贝尔。"哈里说。安娜贝尔轻轻地把米粒放在最上面的一级台阶上，然后和弟弟一起推暗门。门微微动了一下，两个孩子继续用力推着。

"你听到了吗？听到刺啦的一声了吗？"哈里问道。

"肯定是他们堵在门上的东西发出的。不管那是什么，我们一定能把它推开。继续推，我感觉我们已经快要成功了。希望贝克先生父子不要这么快就回来。"安娜贝尔说，她心里面害怕极了。暗门周围的缝隙越来越大，最后，两个孩子用尽全力推了一把，突然一下，门打开了。

"我们成功了，哈里，我们自由了！"安娜贝尔和哈里紧紧地抱在了一起。厨房里的光顺着暗门涌了下来，在闻久了地下室里弥漫着的潮气和小狗身上的味道之后，新鲜的空气显得格外诱人，不过，现在没有时间庆祝或是收集证据了，他们得赶紧从厨房里逃出去，平安回到自己家里。

"我们得做一下善后工作，不能让贝克先生父子发现我们来过这里。快，哈里，把地下室的灯关上，把暗门锁上，我来接米粒。看，他们就是用这张桌子和这块小地毯把暗门挡起来的，所以我们才打不开暗门，警察才没有发现这间地下室。"安娜贝尔和哈里一起看向已经被自己推到一边的红色羊毛地毯和木制餐桌。

"快来，安娜贝尔，我们需要把所有东西都放回原位。希望贝克先生父子不会发现有一只小狗不见了。"两个孩子一起把小地毯拉过来，用它挡住了暗门，然后把又大又沉的桌子搬回了原位。

安娜贝尔轻手轻脚地把米粒从厨房地上抱了起来。"跟我来！"她一边对弟弟哈里喊着，一边拔腿向前门跑去，她知道通往前门的路，因为这栋房屋的布局和他们自己家的是一样的。哈里紧跟在她的身后。在安娜贝尔打开门的时候，米粒舔了舔她的脸颊。要是在平常，安娜贝尔肯定已经喜笑颜开了，但现在，她需要保持注意力集中。打开门之后，一阵冷风呼啸而来，两个孩子从风里冲了过去，跨进了前门外的花园，他们终于自由了。他们转过身，确认前门已经关好，然后以最快的速度捯着双腿，沿着小路往家的方向飞奔而去。他们目不转睛地看着前方，丝毫不敢回头，生怕碰到回到家的贝克先生父子。

"我们就快要到了！加油！"安娜贝尔鼓励着自己的小弟弟。这是她有生以来跑得最快的一次。她已经可以赶上哈里的速度了！两个孩子径直冲进了家门，差点儿把妈妈撞倒在地。他们跑得上气不接下气，衣服已经蹭得没有一处干净的地方了。刚刚经历的一切让他们既紧张又激动，身体一直不由自主地颤抖着。

"我们找到它了，妈妈！我们把米粒从隔壁救出来了！"在场的所有人都看向了蜷在安娜贝尔怀里的小黑狗，他们最心爱的小黑狗。米粒用力摇了三次尾巴，它知道，自己终于回家了，终于可以和自己的家人团聚了。

第十六章

抓获宠物窃贼

安娜贝尔和哈里坐在客厅里，米粒蜷缩在沙发上，依偎在他们身旁，身上盖着毛毯。安娜贝尔轻轻地抚摸着米粒放在她大腿上的小脑袋，想象着米粒此刻会感到多么满足、多么幸福。他们可以听到，妈妈正在门外向警察讲述刚刚发生的事情。

"她一定要告诉他们尽快行动，小狗们都被关在地下室里，"哈里说道，"否则，贝克先生父子可能就逃之夭夭了。"

"她会告诉他们的，我们已经提醒她这一点非常重要了，也告诉她小狗们在那旦。"安娜贝尔说。就在这时，门开了，妈妈走了进来。

"警察已经去贝克先生家了，我们就在家里等着，不要妨碍他们工作，而且我们也不方便露面。你们两个去楼上玩一会儿吧，怎么样？"听到妈妈这样说，安娜贝尔和哈里立刻跑上楼，来到了哈里的房间。这个房间朝向前门，站在窗口可以清楚地看到隔壁发生的事情。两个孩子一左一右，在窗帘两侧找好了自己的位置。

"妈妈说不能让他们看见我们。"安娜贝尔有些担心，毕竟他们没有老老实实地听妈妈的话。

"别傻了，"哈里说，"他们怎么可能往这儿看呢？不要动就行了，我们可以躲在这儿看到事情的全部进展。妈妈只是说不能让他们看见我们，我们不会让他们看见的！放轻松，姐，好好看就行了！"哈里朝安娜贝尔眨了眨眼睛，然后指了指自己的眼睛，又指了指窗外的贝克先生家。

"看——那些肯定就是警察，他们把车停在其他地方了。有几名警察往后院里去了。天哪，他们得快一点儿，我觉得那辆就是贝克先生的货车！"安娜贝尔和哈里看到一辆已经生了锈的白色大货车停在了贝克先生家外面的车道上。

"看——贝克先生父子回家了。"接下来是一段让人难以忍受的平静。什么事都没有发生，也没有任何动静。两个孩子已经快要等不了了，就在这时，一切仿佛都被按下了快进键。他们看到几辆警车和一辆大车在门外停了下来，发出刺耳的刹车声。一大群警察从那辆大车里鱼贯而出，从四面八方冲进了贝克先生家。一阵敲打声和碰撞声传来，接着又是一片寂静。

"看，安娜贝尔，贝克先生家的前门要开了！"没错，门确实开了。贝克先生和他的儿子戴着手铐走了出来，警察押着他们沿着小路向等在一旁的警车走去。哈里站起身，想要看得更清楚一点儿，可是就在这时，贝克先生瞥到窗帘动了一下，抬起头向这边看来。

"他的表情好凶！哈里，赶快蹲下来！"贝克先生父子被押进警车拉走了。接着，安娜贝尔和哈里看到一辆警犬运输车开了过来，一名看起来像是来自防止虐待动物协会的工作人员从上面走了下来。整个过程似乎非常漫长，但是两个孩子一直看着其他小狗被解救出来，送到车上。一些小狗必须由警察抱着，还有一些已经可以自己行走了，不过走起路来还是摇摇晃晃的。

"看，一名警察朝这边走过来了。"安娜贝尔说。他们听到一阵敲门声从门口传来。

"孩子们，你们下来一下好吗？"妈妈喊道，"有一名警察想要和你们聊一聊。"两个孩子激动不已地跑下楼，见到了警察先生，他的脸上挂着大大的微笑。他告诉两个孩子，他们已经在地下室里将贝克先生父子当场抓捕，小狗们也已经被解救出来了。他又问两个孩子还知不知道其他信息，安娜贝尔和哈里一时间不知该从何说起。

"他们打算将小狗们运到曼彻斯特卖掉。"安娜贝尔开口说道，"他们给小狗们下了药，防止它们发出声音，地下室的地上扔的都是他们用过的注射器。贝克先生的儿子是他的同伙——我们做了 DNA 实验，可以证明这一点。"

"他们把小狗们的项圈都摘下来烧掉了。"哈里补充道，"你们可以在火堆里找到项圈上的名牌，也许可以帮助确认小狗的身份。如果还是难以确认，我们提取了朋友家的两只小狗的 DNA，可以证明波比和斯卡莉就在里面。"

"啊!"警察感叹道,"你们做了好多事情啊!谢谢你们提供这些信息,它们非常有用。我这就用对讲机联系负责现场取证的警察,让他们找一找火堆和注射器。我们会随时通知你们最新进展。"

过了一会儿,安娜贝尔和哈里看到负责取证的警察穿着工作服走进了贝克先生家。他们心里激动万分,脑海里立刻出现了警察们忙着用镊子、证据袋和棉签收集证据的场景——不过,警察们通常会把棉签称作"拭子"!

"地下室里有太多证据可供警察收集了,哈里,笼子上的 DNA、注射器、小狗们的毛发、那根棍子……也许还有许多其他证据。"

"也许我们没有时间收集这些证据倒是一件好事,我们肯定不会想要破坏任何可以用来证明贝克先生父子有罪的证据。"

安娜贝尔转过头看向哈里,脸上露出了一个大大的笑容。作为特别奖励,妈妈允许哈里今晚可以睡在姐姐的房间里。另外一种特别奖励是,米粒可以蜷缩着身子睡在姐弟俩中间,它看起来非常喜欢睡在这里。安娜贝尔想象着米粒此刻该有多么疲惫，但是当她看向哈里的时候，她偷偷笑了起来——哈里一只胳膊还搂着米粒，可是已经进入梦乡，开始打起了呼噜！看来，这个夜晚注定不会安宁了，对安娜贝尔来说，这可能不能算是一种"奖励"了。这时，爸爸妈妈从门边探出了脑袋。

"我们为你们两个感到自豪，你们就是我们家的'DNA 小侦探'！干得漂亮，睡个好觉！"

第二天早晨，伊西和彼得的爸爸妈妈打来电话，为安娜贝尔和哈里帮他们找回斯卡莉和波比表示感谢。警察通过安娜贝尔和哈里提供的 DNA 确认了两只小狗的身份，将它们送回了自己真正的家。在警察的提议下，妈妈还提取了其他获救小狗的 DNA，将结果放到数据库当中比对，从而确认了另外三只小狗的身份。现在，小狗们已经全都回到了自己家里，所有人都激动不已。

没过多久，电话铃声又响了起来，这一回是爸爸接的电话。他挂断电话的时候，脸上绽开了笑容。"这是一个天大的好消息！"他大声喊道，"贝克先生父子被指控偷盗宠物，而且显然，他们已经是惯犯了。他们二人都已认罪，而且很有可能会被送进监狱！警察非常感谢'DNA 小侦探'为抓捕他们二人所提供的帮助，并且想要邀请你们作为特别嘉宾参加本地警犬表演活动。哦，之前还有一名记者打来电话，说希望能够把你们的故事在本地报纸上刊登出来。"

就这样，"DNA 小侦探"破解的第一个案件登上了本地报纸。安娜贝尔得意扬扬地把报纸上的故事剪了下来，用大头针把它钉在了自己卧室的墙上。她翻来覆去地读了很多遍新闻报道的大标题——《"DNA 小侦探"抓获宠物窃贼！》她非常喜欢那张自己和哈里坐在最前排、米粒趴在自己大腿上观看警犬表演的照片。她想到

"DNA 小侦探"抓获宠物窃贼！

他们刚刚经历的这段不可思议的冒险，还是会激动得浑身颤抖。不过，当然，"DNA 小侦探"的冒险之旅绝不会就此画上句号。她想到了他们藏在床底下的那套法医工具，不由得露出了微笑。

"不会的！"她难掩激动的情绪，"'DNA 小侦探'的冒险之旅绝不会就此画上句号，'DNA 小侦探'的冒险之旅才刚刚开始！"

致谢

许多人都为这本书的出版提供了帮助，我想要在这里向他们表示感谢。首先，我要感谢我的孩子安娜贝尔和哈里，以及我们的小狗米粒，是他们为我提供了灵感，让我创造出了这本书中的角色。因为有他们，我才有了丰富的素材和美好的回忆，创作出了这个故事！我要感谢我的丈夫乔纳森，是他让这个故事日臻完善，在整个创作和出版的过程中，他都提供了大量支持。谢谢你的耐心和奉献！我将永远对你所提供的帮助心存感激。我还要感谢我的爸爸妈妈，以及黛比、安特、艾丽斯、埃米莉、艾伦、弗吉尼娅、克里斯、乔、埃薇、伊西、乔安娜、尼克、亚历克斯和彼得对这本书进行审读并提出宝贵意见。谢谢你们的热心帮助和暖心鼓励，你们都是我最亲爱的家人！

我要特别感谢杰米·马克斯韦尔为这本书绘制了出

色的插图，把故事内容活灵活现地呈现出来。谢谢你成功抓住了这本书以及其中人物的精髓。你真的是一位非常具有天赋的插画师！

我要感谢剑桥桑格研究所的公众参与团队成员肯、史蒂夫、弗兰、埃米莉和贝姬，谢谢你们的鼓励、建议、支持，以及为这本书提供的网络帮助。

最后，我还要感谢所有参加我的DNA工作坊的亲朋好友，以及我在诸多学校、图书馆和家庭学习小组遇见的孩子们。在我向你们介绍这本书的时候，你们展现出了极大的热情，给予了我莫大的鼓励，这对我来说意义非凡。现在，这本书终于可以和你们见面了！谢谢你们的支持，非常高兴能和你们大家分享这份对科学的热爱。

现实世界中的"DNA 小侦探"

　　维康桑格研究所位于剑桥维康基因组园区，是世界上最大的 DNA 研究中心之一。那么，DNA 到底是什么？为什么对它的了解和研究如此重要呢？

　　正如我在这本书里告诉你的那样，DNA 是一种神奇的分子，包含着生物的建构指令，这也包括我们自己的建构指令！每个人的 DNA 都有所不同——这就是为什么我们每个人都是独一无二的，也是为什么我们可以用它来侦破案件、考证家族历史。

　　除了侦破案件、考证家族历史之外，DNA 还可以帮助我们了解自己身体的运行机制。

　　维康桑格研究所的科学家们会用一种叫作"DNA 测序仪"的特殊仪器来分析 DNA 的编码方式。建构人体或其他生物体的全部 DNA 指令的总和叫作"基因组"。

随着时代发展，我们使用的仪器也日益先进，读取 DNA 的速度更快，成本也更为低廉，这为我们的研究带来了更多可能！你知道吗，人类基因组的首次测序是在 2000 年完成的，这项工作耗时十余年，花费达数十亿美元！如今，我们只需要几个小时就可以完成人类全基因组的测序工作，所需成本仅相当于一部智能手机的价格。

科学家们可以通过对基因组的研究了解人体的运行机制以及患病原因，从而探索新的疾病检测方式，研发新的药物。

你有没有得过流感呢？事实上，流感是由一种病毒引起的。科学家们可以利用 DNA 追踪流感病毒来自哪里、通过什么方式传播、有没有发生变异。这就是医学领域里的侦探工作！

你知道 DNA 还可以在历史人物研究领域发挥作用吗？科学家们可以利用从遗骸中提取的 DNA 判定死者的来历和身份。一个著名的例子就是理查三世国王遗骸的身份鉴定。数百年来，理查三世国王的遗骸一直不知所终，直到 2013 年，才被人们从莱斯特市的停车场里挖掘出来。科学家们通过 DNA 检测证实，这就是失踪多年的国王遗骸。他们还通过 DNA 判断出理查三世国王长着金黄色的头发和蓝色的眼睛——这颠覆了许多人的认知，因为在大多数画像里，他都长着一头深色的头发！

这项技术并不仅仅可以应用于历史人物的遗骸鉴定。你知道 DNA 检测还可以告诉你你的祖先是谁吗？你可能是维京人的后裔，也可能是某位国王或女王的后人！

其实，你只要仔细想一想就会发现，DNA 技术已经越来越多地走进了人们的生活当中：新研制出的疫苗、新开发出的药物、可以在网上直接购买的 DNA 检测服务……在你阅读这本书的时候，科学家们正在坚持不懈地奋斗着，努力取得下一个可以造福大众的重大 DNA 技术突破。